KB262558

"크기가 전부다!"
오르골 골렘의 충격으로 유저들은 크기에 집착하는 경향을 보였다.

권경록 게임 판타지 소설

기갑전기 매서커

GAME FANTASY STORY

기갑전기 매서커 12

권경목 게임 판타지 소설

초판 1쇄 찍은 날 § 2011년 8월 4일
초판 1쇄 펴낸 날 § 2011년 8월 11일

지은이 § 권경목
펴낸이 § 서경석

편집부장 § 권태완
편집책임 § 박우진

펴낸곳 § 도서출판 청어람
등록번호 § 제1081-1-89호
등록일자 § 1999. 5. 31
어람번호 § 제1-1264호

주소 § 경기도 부천시 원미구 심곡2동 163-2 서경B/D 3F (우) 420-822
전화 § 032-656-4452 팩스 § 032-656-4453
http://www.chungeoram.com
E-mail § chungeoram@chungeoram.com

ⓒ 권경목, 2008

ISBN 978-89-251-2590-9 04810
ISBN 978-89-251-1285-5 (세트)

기갑전기 매서커

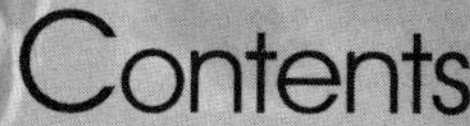

Contents

Act 00
니는 몬스터다

機甲戰記

Massacre

기갑전기 매서커

콰광—!!!

등짝이 따끔거렸다.

새로운 신체의 일부인 기어들이 부서지고 우그러졌다.

근육 깊이 뒤틀리는 느낌.

이 씨— 이것들이.

반격보단 왜? 라는 의문이 먼저였다.

나름 제사가 잘 진행되고 있었잖은가.

백지 상태의 인공지능을 달래주면 되는 것이었다.

큐브가 나름의 속셈으로 묻어가려 했음은 대범한 내가 1%
만큼만 이해하고 넘어갈 수 있다.

하나 여우대가리와 달마들의 변심은 0.00001%조차 이해되지 않았다.

지금 같은 되돌이 상황으로 무슨 영광을 보겠다는 것인지…….

의문은 의문대로, 분노는 분노대로 뒤죽박죽이 되어 부글부글 끓어올랐다.

우르릉— 쿠궁!

공격은 가차없이 떨어져 내렸다.

군사 연습장에 손쉬운 고정 타깃 신세였다.

그렇게 고통의 시간이 흐르자 간신히 냉정을 찾을 수 있었다.

결론은 하나!

새로운 몸(?)에 대한 적응이 먼저라는 것.

그때였다. 품속 깊은 곳에서 가는 소리가 올라왔다.

"지오님? 지오님?"

…….

우우였다.

거대화된 몸을 조절하는 것이 섬세하지 않았음에도 무사했다.

우우(愚偶), 우우(愚愚).

바보 인형, 바보 곱하기 바보…….

행동과 아이디의 싱크로가 이다지도 높은 아가씨가 있다니.

하나…….

무엇보다도 감동, 감동, 또 감동.

누구도 나를 알아보지 못했지만 오직 우우만이 나를 알아보았다.

꾸준히 구박한 보람이 이런 것일까.

그러나 이제 그녀에게 내 말을 전해야 하는 게 문제였다.

반가움을 실어 말해보았다.

‘우우! 여기야, 여기.’

기릭─ 끼릭─ 쨍각, 철컥─

금속 괴물의 괴성이 공간을 덮을 뿐이었다.

헉!!!

‘어떻게 이런 일이. 말을 할 수가 없어─’

쨍각쨍각, 찍깍찍깍, 끼릭끼릭─

심장 박동 대신 기어끼리 맞물려 돌아가는 금속 마찰음이 내가 가진 부드러운 소리의 전부다.

…….

“…우우?”

우앙─ 날카로운 지적질로 구박하고 싶어라.

“우우, 기어이 지오님이… 흑흑. 어쩌다……. 안 됐어. 가여워라.”

어이, 내가 아무리 망가져도 당신한테 동정받고 싶진 않거든?!

남자가 망가지면 자존심만 남는다 했던가.

이 와중에 자존심이 상했다.

말을 전하지 못하니 우우의 이야기를 일방적으로 들어야 하는 처량한 신세!

하나 이런 잠깐의 감상조차 허용되지 않았다.

매서운 공격이 배가되어 등짝 위로 마구마구 떨구어졌다.

이게 다가 아니다. 머리 위로 거대한 압력이 느껴졌다.

궁금했지만 압도적인 위기감에 머리를 들 수 없었다.

이어 느껴지는 거대한 압력의 순간적인 증발…….

우르르르르르르르르릉— 꽈광아아아아아아앙—!!!

허억!!!

…이, 이것은?

그렇다, 메이지 집단이 개입한 집단 광역 공격이었다.

등짝이 파이는 우리한 고통과는 차원이 다르다. 척추가 끊어지는 듯했다.

유저를 이렇게 학대해도 되는 거야—?

아, 지금은 특대의 몬스터지.

그렇게 차원이 다른 공격에 신경다발이 아우성을 질러댔다. 로그아웃을 해버리고 싶은 유혹이 절절했다.

내가 왜 이런 꼴을 당해야 한단 말인가.

분노를 토할 겨를이 없다. 유저들의 작심한 광역 공격의 충격파는 깊이깊이 파고들어 뱃속에서부터 시작해 관절 곳곳이 뒤틀리는 듯한 고통으로 번져 나갔다.

말로만 전해지는 내상 수준의 타격의 연속!

우찌 이런 일이?!!!

눈물이 찔끔.

우우?! 미안한데 나는 여기서 로그 아웃을 해야겠……. 헤헤, 끝까지 보호해 바미안까지 데려다주고 싶었는데.

그렇게 포기하려는데 가는 소리가 올라왔다.

"내가 가는 길이 험하고 멀지라도, 그대 함께 간다면 좋겠네……. 우리 가는 길에 아침 햇살 비치면 행복하다고 말해주겠네……. 이리저리 둘러봐도 제일 좋은 건 그대와 함께 있는 것……."

어?

익히 아는 노래다.

우우가 내 품속에서 노래를 부르고 있다.

젠장……. 그것도 꽤, 너무, 퍽도 못 부른다.

하나 그녀의 마음은 내게 선명하게 전달되었다.

그녀는 나름의 마음으로 나를 위로하려 함이다.

거, 거짓말…….

신기하게도 끓어오르던 분노가 가라앉았고 견디기 어려운 육체적 고통까지 서서히 잦아들었다.

귀가 우우의 소리를 좇았다.

"그대 내게 행복을 주는 사람……. 그대 내게 행복을 주는 사람……."

…제길!

말리고 싶었지만 말릴 수 없다.

울면서 부르고 있다.

그리고 우우를 중심으로 변화가 생겨나고 있다.

후웅우우우— 노래가 가늘게 퍼져 나감과 같이 따뜻한 무지개 입자도 함께 번져 나갔다.

우우가 말리던 유저들을 뿌리치고 나에게 달려오던 때의 그 부드럽지만 강한 빛이었다, 바로 바보의 우직함이 느껴지는.

그렇다.

저것은 그녀의 마음이 발하는 빛!

이 빛의 확장과 함께 고통으로 위축되었던 등이 펴졌다. 뒤틀리고 부서졌던 기어가 맞물리고 부서진 기어의 산이 새것같이 살아났다.

> **기적사 우우.**
>
> 기적의 빛을 기어 골렘에 투사 중입니다. 이는 유저의 성향에 반하는 행동입니다. 이는 유저로서 힘겨운 투쟁입니다.

…기, 기적사?

우우가 히든 클래스를 부여받았음이다.

그리고 그 기적의 빛을 제일 처음 나에게 투사하고 있다.

몬스터로 화한 나에게.

노래를 멈추게 해서는 안 된다, 기적을 구하는 우우만의 절차이기에.

메시지가 귀에 들어올 리 없다.

"…내가 가는 길이 험하고 멀지라도, 그대와 함께 간다면 좋겠네. 내가 가는 길이 험하고 멀지라도, 그대 내게 행복을 주는 사람— 내가 가는 길이 험하고 멀지라도, 그대 내게 행복을 주는 사람……"

우우의 가는 노래는 계속 이어졌고, 메이지들의 집단 광역 공격은 가일층 위력이 증가되어 이어지고 있었다.

우르르룽— 와르르르르르르르룽!!!

대기가 타들어 가며 공간이 증발했다.

眞空, 진공, 진공—!

거대한 압력에 공기가 분자 단위로 흩어지며 비명을 질러댔다.

그렇게 더 크고, 강력한 타격이 떨구어졌음에도 고통은 전혀 느껴지지 않았다.

나의 모든 신경은 우우에게로 향하고 있었다. 아니, 우우의 노래로.

나를 위해 노래를 불러주는 사람이 있다는 기이한 행복감이 나를 휘감았다.

이어 나도 모르게 비틀어진 기어를 돌려 금속판과 충돌시키는 식으로 음을 불어넣었다.

기어를 돌려 기어이 음과 음을 이어나갔으니… 고요한 연주가 울려 퍼져 나갔다.

공격이 뚝 그쳐 버렸다.

…….

공격하던 유저들이 맥이 빠져 어이없어함이라.

아— 이 주체 못할 주책이여—

＊　　　＊　　　＊

동화율을 쥐어짰다.

나는 몸을 일으키며 우우를 디딘 땅째로 떠 가슴에 붙였
다.

우구구그그그궁—!

"…꺄악!"

우우가 비명을 질렀다.

쏘리, 당분간 섬세하지 못하니 양해를.

그런 순으로 고개를 들어보니 유저들이 후퇴하는 게 눈에
들어왔다.

큰곰이 일행도 포함되어 있었다.

이들은 나와 우우를 연신 힐끔거렸다.

그리고 경악!

우우의 무사함이 이해되지 못하는 얼굴들이었다.

문제의 여우대가리와 달마는 보이지 않았다. 무리 틈에 섞
여 있으리라.

달마가 보였다. 유저들 사이에서 메이지들에게 공격을 다
그치는 모습이 눈에 들어왔다. 몬스터의 음악 따위에 왜 공격
을 중지했냐는 다그침이리라.

…여우대가리가 보이지 않다니…….

여하튼 공격을 이어갈 의향이 다분해 보였다.

공격이 멎은 지금… 우우를 돌려보내야 한다.

유저의 행동에 반하는 유저는 범죄자로 인식되게 되어 있
다.

범죄 행위를 오래할수록 현상범이 되어 NPC까지 뒤를 좇는다.

그런 험한 삶을 우우에게 부여할 순 없었다.

나는 거대한 손바닥 위에 올려진 우우를 맨땅에 내려놓았다.

손가락으로 유저들의 무리를 가리켰다.

공격이 멈춘 지금 저들을 따라가라는 나의 의사가 전달되었는지 우우가 고개를 흔들며 거부했다.

이어 고개 숙인 얼굴 아래에서 기어가는 목소리가 올라왔다.

"우우… 지오님과 있을래요……."

…거참.

이렇게 거대한 주책바가지 시계로 변해도 좋다는 것인가?

아, 아니지.

그녀는 생존 본능이 특화된 유저다. 나와 있는 게 더 안전하다고 느끼고 있음이라.

그런 거지, 그런 거다, 그런 거야.

거대화된 나의 눈엔 우우는 새끼손가락 마디보다도 가늘고 작았다.

잘못 다루다간 다칠 수 있다.

나는 버스를 집어삼킬 것 같은 입을 쩌억 벌리며 손을 가져다댔다.

"우우, 실례하겠습니당~ "

우우는 겁없이 입안으로 폴싹 뛰어 들어왔다, 소풍을 즐기는 초등학생처럼.

저 멀리 이 광경을 지켜본 유저들이 경악에 겨운 얼굴로 바라보고 있었다.

이런, 한입에 집어삼킨 것처럼 보일 테지.

사정 모르는 큰곰이 일행마저 주저앉아 땅을 치고 있다.

무수한 유저들이 나를 손가락질하며 욕지기를 토하고 있다.

음악으로 현혹하고, 기어이 유저를 잡아먹다니?!

그런 식으로 제단함이다. 탓할 수 없다, 그들 나름의 의협심이니.

여하튼!

헤헤, 이로써 완벽하게 악당이 되어버린 셈이었다.

뭐, 어때?!

다음엔 큰곰이를 먹어야지. 어떤 맛일까? 크크.

응?! 저, 저것은… 아니, 저들은?

공동 내부로 일단의 무리가 등장하는 게 눈에 들어왔다.

분명 낯선 유저들이었다.

꾸역꾸역 늘어나는 인원수가 장난이 아니다.

이들을 안내하고 있는 것은 가브가브의 왕관을 탈취한 여우대가리였다.

이 둘의 얼굴엔 자신만만함과 득의양양함이 고스란히 담겨 있었다.

！

그랬다, 그제야 이들의 배신이 이해되었다.

바로 조력자를 불러들이기 위해서였다.

그리고 이들을 규합시키기 위해선 열쇠인 가브가브의 왕관이 필요했던 것이다.

순순히 협조한 속셈은 나를 안심시키기 위해서였음이다.

불확실한 제사보단 이들과 합세해 거대 골렘을 처단할 요량이리라., 공대답게.

그렇다면 저들이 무투파의 용자로 보일 수 있다.

하나 내가 본 바로는 저 둘은 그런 분류가 전혀 아니다.

그렇다, 내 머리 위에 영광의 왕관이 씌워지고, 내 어께에 영광의 망토가 둘러지는 걸 죽어도 보기 싫음이라.

역시, 그런거다.

땅을 치던 큰곰이 고성을 지르며 여우대가리에게 달려들었다. 하나 바로 맥없이 튕겨 나갔다.

역시 비밀리터리 장사 캐릭의 한계였다.

나는 공장들을 너무 띄엄띄엄 보았다.

왜 눈앞에 있는 공장들이 전부라고 생각했을까?

그렇게 많은 공장들이 중간에 사라졌으니 실력 부족으로 데드당한 것이라고 당연하게 생각했을까.

지금 나타난 후위대의 마중을 나간 것이었다.

내가 퀘스트를 팔았듯이 저들도 충분히 다른 유저들을 포섭할 것이라는 생각을 못하다니….

그렇다, 이는 나의 오만함이 부른 배신의 결과!

허탈할 사이도 없이 일단의 무리가 연이어 우르르 쏟아져 들어왔다.

아— 저들은!

그 깃발 가운데 익히 아는 거대 작업장의 깃발이 보였다.

화룡과 빙룡이 목을 교차한 문양은 출근하며 매일 봐야 했었다.

바로 형제 작업장 아래층에 따리 튼 칠대천마의 작업장이었다.

거참, 저들까지 끌어들이다니… 그렇게 이를 갈더니만.

역시 돈 앞에 명분없음인가.

척척척척— 척척척척—

등장과 동시에 그들이 진영을 갖추었다.

그냥 급조한 규모가 아니다. 내가 만든 플라즈마 투척기도 가지고 있다.

나와의 협력이 틀어졌을 때부터 준비했음이 짐작됐다.

아니면 내가 퀘스트를 남발했을 때부터일지도.

흥, 여하튼 강호도의 좋아하시네.

툴툴거릴 여유도, 분노로 치를 떨 여유도 더 이상 이어지지 않았다.

여우대가리와 달마, 그리고 새로이 등장한 이들의 리더로 보이는 자가 한자리에 모여 연신 나를 가리켰다.

새로 등장한 기사 정복 차림 리더의 눈엔 달마와 여우대가리에 대한 조소가 가득 차 있다.

어디서 많이 본 자신감의 소유자.

어이— 이웃사촌!
이렇게 큰 바퀴벌레 봤어?

OF TEN DIVINE NAMES
Act 01
기적사 우우

機甲戰記
Massacre
기갑전기 매서커

무풍의 대지…….

정체된 공기가 뜨겁다.

바람을 느끼는 머리칼이 없다는 것이 다행스럽다고 할까.

나를 담은 유저들의 눈엔 경이와 호기가 뒤섞여 요동쳤다.

저들이 노리는 퀘스트 최종 보스 몬스터는 바로 나.

"우우, 지오님. 다 삼켜버려요—"

이마 정중앙 제법 아늑한 공간에 자리 잡은 우우가 외쳤다.

와우— 은근히 터프하다니까.

나는 전투 준비에 들어갔다.

동화율을 끌어올려 백색 기둥에서 금속수를 빨아들였다.

공급된 금속수로 노출된 기어를 보호하는 갑옷 형태로 변형시켰다.

고도의 집중을 요하는 일이었지만 적층 갑옷이 그럴듯하게 생성되었다.

이래 봬도 수많은 강철거인의 외장갑을 갈고 입혔던 메이지 아니던가.

이 광경을 지켜본 유저들이 오ー 하는 감탄성을 터뜨려 자신들이 바보임을 증명했다.

더 놀라기는 이르다.

나는 기어 골렘을 휘감은 언약의 사슬을 잡았다.

몬스터가 되기를 선택한 이상… 몬스터의 모든 것을 알아야 했다.

언약의 사슬은 그 자체로 속박이지만 강력한 무기이기도 하다.

아니, 나를 위해 무기가 되어주어야겠어.

머릿속에 그려지는 이미지를 사슬에 주입했다.

사슬은 끊어지지 않았다.

철컹, 철컹ー 츄라라라라락!!!

자루 끝이 사슬로 연결된 두 개의 유백색 검이 양손에 쥐어졌다.

쌍절곤, 아니, 쌍절검이려나.

전혀 적응되지 않는 중량감이 균형을 잡았다.

오—!!

멀리 바보들의 합창이 기분 좋게 울렸고 동영상 촬영을 신청하는 메시지가 쇄도했다.

나름 악당의 포스가 쩔어(?)주시는가 보다.

다 썰어 주지—!

유저들 사이에서 마그마 골렘들이 일어났다.

실력 좋은 소환사들이 충원되었음인가. 마그마 골렘의 크기와 뿜어져 나오는 열기가 질적으로 틀렸다.

간간이 플라즈마 덩어리가 떨어지며 마그마 골렘에 열기를 보탰다.

좋은 생각!

오호— 게다가 서로서로 몸을 합치며 그 크기를 키우기까지.

이게 다가 아니다. 수많은 열기 다발이 공간을 가득 메우며 쇄도해 들어왔다.

기사 캐릭들이 투척한 플라즈마 탄이었다.

짝퉁이지만 무시할 순 없는 수.

질이 되지 않으면 양으로 압도하려 함인가.

고오오오오오오— 대기를 가르며 산소를 증발시키는 소음이 가득 찼다.

열기의 파도가 덮쳐왔다.

메이지들의 영창이 거대한 합창이 되어 울렸다.

머리 위로 공기가 흩어졌다.

그 자리에 거대한 마법진이 회전하며 나타나 거친 빛의 폭포수를 토해냈다.

그렇게 열기와 빛이 집중되었다.

강철거인 같으면 대마력 방어진이 가동되어 막을 수 있을 것이지만 기어 골렘은 몸으로 때울 수밖에 없다.

금속수로 충전한 적층 갑옷에 기대를 걸었다.

하지만 본격적으로 싸우기도 전에 손해본다는 느낌은 지울 수가 없었다.

그때였다.

적층 갑옷 틈 사이에서 무지개 빛이 뿜어져 나왔다.

우우였다.

빛으로 채워진 은은한 에너지막이 거대화한 기어 골렘을 중심으로 팽창했다.

파츠으으으으웅—!!!

퍼퍽퍼퍽— 팟팟팟—!

샌드백을 치는 경쾌한 타격음이 빛의 장막에서 울렸다. 플라즈마 탄이 막을 관통하기 시작했다. 하나 그 열기와 기세는 막을 지나며 급속도로 사그라졌다.

메이지들이 발한 빛의 폭포는 빛의 장막을 침범하지 못하고 대치를 이루었다.

…….

이는 강철거인의 마력 방어진이 발동한 것과 같았다.

적층 갑옷에 플라즈마 탄과 충돌하며 미세한 진동이 울렸다.

하나 그저 기분 좋은 울림과 충격이었다.

이어서 수십 개의 플라즈마 탄이 에너지막에 중화되어 노란 점으로 사그라졌다.

플라즈마 탄의 투사를 담당한 유저들의 당황함이 역력했다.

그만큼 우우가 부여받은 특수 능력은 솔직히 놀라운 것이었다.

감사를 나눌 겨를도 없이 마그마 골렘 열여덟 기가 눈앞에 당도했다.

훗— 내가 한검 하지. 보시라— 하압—!!!

슈우우우우우욱— 푸학—!!!

쌍절검을 휘둘러 정면을 막은 마그마 골렘을 두 동강 냈다.

이어 허리를 돌려 두 기의 마그마 골렘을 베어 넘겼다.

상체 따로, 하체 따로 회전하며 쾌속으로 해치웠다.

이는 탑승형 강철거인만이 할 수 있는 완벽한 360도 회전

베기!

절단된 마그마 골렘들이 그 자리에 퍼진 죽 같이 주저앉았다.

마그마 특유의 점성이 유백색 검면에 탁하게 엉겨붙었다.

우어어어—!

지저의 울음이 울리며 두 동강 난 마그마 골렘은 하나로 합쳐져 몸을 일으켰다.

대지가 들끓으며 그을음과 탄내가 요동쳤다.

마그마 골렘의 핵은 없다. 아니, 몸 전체가 핵이다.

오로지 소환한 정령사를 처치하는 것으로 해결할 수 있는 존재들.

몸을 풍차처럼 회전함과 동시에 검을 뿌려 일어난 마그마 골렘을 베어 넘겼다.

꾸어어어어—!

지저의 비명이 올라왔다.

베어 넘기고 걷어차 터뜨리고 재차 두 동강을 내며 나아갔다.

발밑은 마그마의 바다로 넘실거렸다.

뜨거운 열기가 타고 올라왔다.

유백색 검엔 오렌지 빛 넘실거리는 탁한 마그마 덩어리가 켜켜이 엉겨붙어 본연의 색을 잊은 지 오래다.

피 묻은 검을 털듯이 검을 뿌렸다.

지면이 아닌 마력이 요동치는 정령사들이 밀집한 곳을 겨냥했다.

부우우웅― 투학―!!!

후두두두둑― 프스스―!

마그마를 토하는 화산처럼 샛노란 마그마 덩어리들이 유저들의 머리 위로 떨어져 내렸다.

기대하던 식겁하는 소란은 없었다.

머리 위로 마법진이 회전하며 자주빛 장막을 드리웠다. 그막이 뿌려진 마그마 덩어리들로부터 유저들을 완벽하게 보호했다.

투더덩! 트엉―!!

역시 철저한 준비와 조직력이 튼튼했다.

칫― 공격 효과에 기대는 안 했지만 조런 식이면 배가 아프다.

역시 가까이 다가가야 함인가.

하나 마그마 골렘들이 엉겨붙으며 다리를 휘감아 올라오는 식으로 진격을 방해했다.

마그마 골렘들은 흩어졌다, 합쳐졌다를 반복하며 열기를 맹렬히 피워 올렸다.

견딜 만하지만 시간이 지나면 몸이 새빨갛게 달아오르리라.

사태는 의외의 곳에서 발생했다.

"…우우. 겨, 견딜 만해요. 버틸게요, 버틸 수 있어요."

처절하게 쥐어짜는 목소리!

아차차, 말과 달리 머릿속을 울리는 우우의 목소리가 심상치 않다.

그렇다. 그녀는 나 같은 금속 덩어리가 아니다.

찜질방 수준의 열기가 그녀를 괴롭히고 있음이라.

마그마 골렘들의 반응이 변했다.

마그마 골렘들이 스스로 무너져 내리며 지면에 깔렸다.

검을 휘둘러 베려는 순간 스스로 무너져 내렸다.

그리고 흉악한 샛노란 눈을 번뜩이며 올려보았다.

그런 식으로 쌍절검은 그 대상을 찾을 수가 없게 되었다.

…….

발밑이 마그마의 바다에 서서히 잠겨 들어갔다.

숨막히는 열기가 바닥에서 올라왔다.

시간을 끌면 필패다.

끓어오르는 마그마의 바다 모서리에 거대한 마그마 덩어리가 뭉치며 다리 없는 거인의 상체가 등장했다.

소환사들의 역량이 이 골렘에 집중되고 있음이 느껴졌다.

나는 자세를 잡으며 검을 세웠다.

순간 새하얀 검면에 내 모습이 비추어졌다.

세련된 적층 갑옷 사이로 투박, 무식한 수많은 기어들의 조합으로 이루어진… 흉측한 악당의 모습이었다.

그리고 문제는 우우였다…….

두부의 이마 중앙, 우우가 열기를 참으며 헐떡이는 모습이 애처롭게 들어왔다.

달아오른 금속 바닥에 손을 붙이고 마력을 주입하고 있다.

노란 가방이 후라이팬에 달구어지길 기다리는 달걀 같았다. 열기를 견디며 신음을 터뜨리지 않으려고 입을 앙다문 모습이 애처롭기까지 했다.

그렇게 그녀는 열기를 참으며 시선을 방해하러 날아오는 플라즈마 탄과 집단 마법 공격을 방어하고 있었다.

…….

말을 못하니 미안한 감정을 전달할 길이 없는 것이 안타까웠다.

차마 더 이상 볼 수가 없어 눈을 거두려는데 검면 뒤로 거대한 백색 기둥이 자리 잡고 있음이 들어왔다.

！

내게 무한, 무궁한 자원이 있음이라.

언약의 사슬을 변형시킨 검끝에 집중했다.

목표는 상체만 드러낸, 거대화된 마그마 골렘.

검끝에서 우유 빛 금속수가 뿜어져 나왔다.

…짐작대로다.

백색 기둥과 언약의 사슬은 연결되어 있음이다.

마그마 골렘에 적중한 금속수는 마그마 골렘의 몸에 고스란히 흡수되더니 골렘의 크기를 키우는 데 이용되었다.

이어 이 골렘을 중심으로 마그마 바다가 요동쳤다.

흡수한 금속수를 녹이는 데 필요한 에너지를 공급받음이다.

동시에 상체를 드러낸 마그마 골렘이 기어 골렘의 어깨 높이까지 자라났다.

위압적으로 크기를 키웠음에도 하체는 마그마의 바다에 두고 있다.

마그마의 바다를 헤치며 거대화된 마그마 골렘이 다가왔다.

고오오오오오— 머리 위로 대기가 회전하며 뜨거운 열기를 감아 올렸다.

빛의 장막을 흩으려는 메이지들의 바람 계열의 마법 공격이었다.

이 하나의 마그마 골렘을 중심으로 에너지가 집중되고 있음이 확실했다.

마그마 골렘의 중심으로 마그마의 바다가 넘실거렸다. 마그마의 바다엔 언제든지 튀어나올 마그마 골렘들로 넘실거리고 있었다.

불길하고 흉악한 눈들이 호시탐탐 기회를 노리며 올려다보았다.

나는 완벽하게 마그마의 바다에 잠긴 상태가 되었다.

이미 지독한 열기로 다리의 감각이 느껴지지 않고 있다.

마그마의 바다에 녹아들고 있음이라.

우우의 느낌이 가늘게 연결되었다 떨어졌다를 반복했다.

잘 참아주었어!

동화율을 끌어올렸다.

우얍—!

검이 횡으로 교차하며 마그마의 바다를 갈랐다.

츄악— 쩌억—!!!

문제의 마그마 골렘이 머리부터 사타구니까지 갈렸다. 하나 마그마 바다로부터 에너지를 공급받아 몸을 재구성해 갔다.

그 재구성의 중심에 두 개의 검을 일시에 박아 넣었다.

크으웃!

검을 타고 순간적인 경직이 느껴졌다.

몸에 잠긴 검끝으로 금속수를 뿜어냈다.

어디 실컷 처먹어 보시지—

끄으으으으웃!

제일 먼저 마그마 골렘의 샛노란 눈빛이 탁하게 변했다. 흔들렸다, 격하게 흔들렸다.

…먹힌다.

금속수를 꾸역꾸역 밀어 넣었다.

내겐 동화율을 보정할 포인트가 없어도 무한한 금속수가 있다.

금속수가 주입된 양이 늘어날수록 마그마 골렘의 선명한 오렌지 빛은 그 빛을 탁하게 잃어만 갔다.

그렇게 탁기가 쌓였다.

그렇다.

이것이 마그마를 식히는 나만의 방법!

마그마 골렘의 선명한 오랜지 색 몸체에 짙은 흑색의 사암 덩어리가 종기처럼 생겨났다.

멀리 가슴을 부여잡고 쓰러지기 시작하는 소환사들.

시간이 흐를수록 마그마 골렘 특유의 점성은 점점 더 굳어만 갔다.

마그마 골렘이 움직일수록 식어 굳어버린 검은 사암 덩어리를 떨어뜨릴 뿐이었다.

마그마의 바다가 요동치며 주입된 금속수를 녹이는 에너지를 공급하려 했지만 무한에 가까운 금속수를 감당하기엔 역부족이었다.

……

상체만 드러낸 거대한 마그마 골렘은 검은 사암 덩어리로 점점 변해갔다. 검은 사암 덩어리의 균열 사이로 핏줄 같은 붉은 용암이 보였다.

사암 덩어리로 변한 골렘을 중심으로 마그마의 바다 역시 검은 사암으로 뒤덮여 갔다.

몸체에 박은 검을 뽑았다. 이어 종과 횡으로 뿌렸다.

파팟─ 퍼석!

우르르르르릉─!

커다란 굉음이 울리며 거대 마그마 골렘이 사암 덩어리로 산산이 흩어졌다.

더 이상 마그마 골렘으로의 분화와 합체는 이루어지지 않았다.

사암 덩어리가 뿜어내는 회색 수증기로 뿌옇다. 뿌연 수증기 속에서 유백색 검은 한여름 노을처럼 이글거리고 있었다.

*　　　*　　　*

저 멀리 다수의 유저들이 가슴을 부여잡고 주저앉았다.

소환사들에게 큰 타격이 전달되었음이라.

다른 유저들 역시 당황함이 역력했다.

신경질적인 공격이 이어졌지만 무시할 정도.

나는 사암의 바다에서 다리를 빼냈다. 검을 짚으며 유저들을 향해 나아갔다.

우왕좌왕하는 유저들 사이에서 다수의 밀리터리 격수들이 뛰쳐나왔다.

지면을 걷어차 올리자 사암 덩어리가 비산해 그들을 덮쳤다.

어지간한 대학 도서관 같은 거대한 골렘이 차올린 사암 덩어리다.

게다가 이 사암 덩어리는 아직 열기를 가득 품고 있다.

화산재가 분출하며 대지에 떨어지는 효과를 만들어냈다.

일개 유저들이 감당할 공격이 아니다.

그렇게 근접 유저들은 하늘에서 떨어진 검은 산사태에 비명없이 매몰되어 버렸다.

이런이런, 포인트가 대책없이 쌓이고 있다.

그리고 성장!

그래, 바로 …이 맛이야.

이것이 악당의 맛!

＊　　　＊　　　＊

과격한 발차기 후의 균형 잡기로 인해 멀미가 몰려왔다.

역시 고도의 체적 차이를 무시할 수 없다.

에펠탑이 되어 걸어 다닌다고 생각해 보라.

보는 사람이나 움직이는 사람이나 도저히 적응되지 않는 사건임이 분명하다.

내가 일명 쩌는(?) 동화율로 버티고 있지만 그 시간엔 한계가 명확하다.

울렁울렁, 미식미식 쏠리고 있다.

한데 움직이는 에펠탑이 된 나에겐 유저들이 죽으면서 토해내는 포인트는 단비와 같았다.

더불어 레벨업 포인트까지 들어오니 쏟아지는 포인트로 동화율을 보정해 나갈 수 있다.

> …레벨업을 하였습니다.

> …….

> …레벨업을 하였습니다.

E&T는 몬스터도 성장 시스템을 적용받고 있다.

저랩 필드에서 간간이 저랩 유저들을 학살하는 대물 급 몬스터가 등장하는 사건이 발생하는 이유다.

나 역시 자유도시 지하 하수장에서 미요와 특대형 사건을 해결해 폭풍 성장을 경험하기도 했다.

몬스터가 되어버렸음에도 폭풍 성장을 경험하고 있다니…
게다가 이후 가능성은 무궁하기까지 하다.

무어라 하든 이곳까지 올 정도의 유저라면 퀘스트를 받아

들일 정도로 오래도록 플레이한 고랩 유저들이 대다수다.

즉, 다들 한칼(?)한다 하는 유저들의 죽음이니 미친 듯한 경험치를 토해내고 있음이다.

어질하던 현기증이 서서히 가시기 시작했다.

쏟아져 들어온 포인트를 굳이 전환하지 않았음에도 동화율을 유지하기가 어렵지 않다.

나에게 결코 손해가 아니라는 생각이 컸다.

헤헤, 간사한 지오의 등장이라고나 할까.

여하튼 몬스터 노릇도 썩 괜찮은 역할이라는 것이다.

언약의 사슬을 끊기 위해서도 포인트의 적립은 필수이리라.

그렇게 당분간 벙어리 삼룡이 노릇을 하기로 마음먹었다.

쿵― 쿵― 저쩡―!

아득한 높이도 기분 좋게 즐길 여유가 생겼다.

당황한 유저들의 부질없는 공격이 있었지만 덩치로 무시했다.

훗― 야, 이것들아. 고작 그거밖에 못해?!

한번 밟아 봐?

어떤 느낌일까나?

어디?! 오, 저기 많이 모여 있구나.

다수의 메이지들이 마법진을 그린 도형 위에 자리잡고 있는 게 눈에 들어왔다.

어마어마한 에너지의 요동이 마법진 위로 넘실거리고 있는 게 예사롭지 않았다.

엇?! 가만 저 마법진은… 내가 코볼트 군단을 섬멸시킬 때 사용한 전격 마법진이 분명했다.

강철거인의 마력 제너레이터가 다수의 메이지들의 마력으로 대체된 것이었다.

마그마 등 화염으로 녹이지 못하니 전기 충격으로 공격을 시도하겠다는 것인가?

가만가만… 나 전기 충격은 싫은데.

현실에서 테이저건에 당한 기억도 한몫 거들었다.

결정적으로 가상임에도 왠지 정자수가 급속도로 감소할 것 같은 느낌이 나를 압박했다.

그래, 내 정력과 관련된 대사건이 발생하려 하고 있는 거야.

고오오오오오오오오오오오 — 파팟, 파지직!

대형 마법진을 중심으로 새파란 전격 다발이 서서히 생겨나고 있었다.

땅을 타고 들어오면 우우의 마법 방어도 뚫릴 게 뻔했다.

우우는 지금도 버겁게 결계를 유지하고 있다.

이크크, 얼른 지르밟아야지!

스스로 다급하다 설정하니 생각지도 못한 움직임이 만들어졌다.

순간 마법진이 새파랗게 방열했다. 대지를 타고 새파란 전격 뱀들이 쇄도해 들어왔다.

이여어업!!!

거대한 에펠탑이 뛰어올랐다. 제자리 뛰기에 가깝다.

후우웅—

쿠우우우우우우우우우우우우우우우우우우우웅—!!!

짧고 거대한 울림이 공간을 집어삼켰다.

전격 뱀들도 그 속에 묻혔다.

쩌적—!!!

착지점을 중심으로 거대한 원형의 함몰이 생기며 대지의 균열이 거미줄처럼 퍼져 나갔다.

두 다리와 쌍절검이 동시에 대지의 한 점에 착지했다.

그거거거거거거거거거격—!!!

감히 유저들을 짓이기진 않았다.

대신 지진의 충격파를 선사했다.

마법진은 완벽하게 파괴되었다.

지반이 뒤집어지며 원형의 균열이 메이지들을 집어삼켰다. 이는 진도 9의 강진이 대지를 엄습한 효과를 능가함이다.

우아아악—!!!

처절한 비명이 함몰점을 중심으로 새어나왔다.

거대한 개미지옥이 따로 없다.

이어 주체 못할 정도로 쏟아져 들어오는 포인트.

간신히 피한 유저들의 아연한 시선들이 모아졌다.
이거 무지 재미있다.
그들을 향해 여봐란 듯 승리의 V 자를 천천히 그렸다.

무하핫― 이것이 청춘의 정력을 탐한 대가!

機甲戰記
Massacre
기갑전기 매서커

저기 여우대가리가 보였다.

달아나려고 엘리베이터를 가동시키는 중이었다. 얼굴에 핏기가 빠진 상태다.

저걸 어떻게 할까?

……

생각은 길지 않았다. 연기가 필요했다.

이런 수지맞는 장사는 한 번으론 부족하다.

나는 개미지옥을 만들고 V를 그린 상태 그대로 동작을 멈추었다. 건전지가 다 닳아 멈춘 북 치는 인형 같이.

시간이 흘러도 그 상태 그대로 있자 대지의 균열 사이에서 생존 유저들이 모습을 천천히 드러냈다.

그러나 감히 공격을 가하지 못했다.

보스 몬스터의 공격 패턴으로 보이길 바랄 뿐이다.

큰곰이 일행들도 어디선가 나타나 엘리베이터 앞 여우대가리를 노려보며 대치했지만 더 이상의 소란으로 발전하지는 않았다.

그렇게 제법 많은 생존자들이 모였고 다들 고개를 절레절레 흔들며 엘리베이터 기둥 속으로 사라졌다.

공동 안은 기어 골렘들의 작업 소리만 다시금 울릴 뿐이었다.

"우우— 다 놓아 주는 거임?"

우우가 문제였다.

어떻게 말을 전하지?

그런 고민보다 이 드넓은 공간에 단둘이 있다고 생각하니 기분이 묘했다.

"우우? 살아 있는 거임? 죽은 거 아님?"

우우는 내 반응을 기대하며 귀엽게 바닥을 통통 두드렸다.

그 전에는 그렇게 짜증이 나더니… 이젠 헛웃음이 절로 나왔다.

외부 창을 열어 '행복을 주는 사람' 악보를 불러들였다.

악보를 활성화시켜 연주 프로그램과 연동시켰다.

…돈이 드네……

에이 몰라!

그렇게 음악 프로그램에 따라 기어가 움직이며 오르골 같은 맑은 금속음이 만들어졌다.

빛의 소리가 내 속에서 흘러나왔다. 몇 초 간의 침묵…….

우우는 겸연쩍은지 노래는 하지 않았다.

나도 무지 쪽팔린다.

그저 그동안의 구박에 대한 마음을 전할 뿐.

마음이 전해졌는가.

우우가 작은 허밍으로 금속음에 맞추어 흥얼거렸다.

…….

허밍에 따라 눈이 절로 감겨왔다.

마음의 빈자리가 채워지는 느낌이 이럴까.

이것이… 평화구나.

응? 마음에 바람기로 가득 채웠다고?

그대?! …너무 잘 안다.

＊　　　＊　　　＊

눈을 뜨니 현실이었다.

"지오야? 자냐? 잠이 오냐? 하긴 너도 인간이니 피곤할 테지."

“…….”

화난 큰곰이 눈앞에 있었다.

“지오야? 네 메이지 캐릭 어디 간 거야?”

“비밀~”

“자유도시에서 부활한 거야?”

“비밀~”

빙긋 웃으니 씩씩거리던 큰곰은 허탈한 표정이 되었다.

“너 죽고 나서 달팽이 아가씨 말이지……. 잔인하게 기어 골렘에게 잡아 먹혔어. 기어 톱니에 짓이겨졌다고 생각하니 너무 안 됐더라. 눈치는 없어도 귀여운 데가 있었는데.”

“흠, 귀찮았는데 이젠 짐 덜었네요.”

“귀찮아? 으… 잔인한 넘. 어떻게 이런 넘이 인기가 있는 거야?”

“비밀~”

“캬오ー!!!”

큰곰이 달려들어 헤드록을 걸어 왔다.

나는 큰곰의 찹살떡 복부를 간질여 헤드록을 바로 풀어버렸다.

“으허허허.”

큰곰이 풍만한 배를 쓸며 나의 공격권에서 바람처럼 빠져나갔다.

그러자 턱을 괸 작은 곰이 다가왔다.

다 안다는 의미심장한 미소가 입가에 걸려 있다.

역시 속일 수가 없다니까.

나는 V자를 그리는 기어 골렘의 마지막 동작을 만들어 보이는 것으로 작은곰이의 짐작을 인정했다.

"크······."

작은곰이는 쓰게 웃으며 자신의 이마를 손바닥으로 쳤다.

"헤헤."

장난기 가득한 웃음에 작은곰이 역시 장난기 가득한 웃음으로 대답했다.

"좋아, 반드시 쓰러뜨려 주겠어."

"바라는 바입니다."

"하하."

"하하핫."

특대의 공대가 꾸려질 것 같은 예감이 들었다.

*　　*　　*

저 멀리 다수의 유저들이 도열하기 시작했다.

어서 옵쇼—?!!

"우우, 쟤들 또 찾아 왔네······. 정말 질기다능."

나는 우우가 바라보는 기어를 왼쪽으로 한 번 돌려 그 말에 긍정했다.

오른쪽으로 한 번 돌리면 부정, 두 번 돌리면 강한 부정 식으로 그녀와 의사를 나누고 있다.

여우대가리 등 공장들이 얼마나 퀘스트를 남발했는지 골렘으로 변한 나를 토벌하기 위해 유저들이 대거 몰려들었다.

바미안으로 가기 위한 마지막 관문 정도로 생각했기에 원정대의 규모는 시간이 갈수록 크고 정밀해졌다.

그리고 몇 주가 흐르니 준비도 도를 넘을 정도로 착실하다.

금속수를 전환시켜 특이 도구를 만들어 공격에 이용하기 시작하면서부턴 위기를 맞는 경우가 허다했다.

지금까지 데드시킨 유저들의 수는… 만을 넘기고 있다.

이제 더 이상 유저를 데드시켜도 레벨도, 킬 포인트도 오르지 않고 있다.

느낌상 한 백 명 단위로 죽여야 성장하는 것 같다.

그 중 눈앞에 도열한 공대가 제법 영양가가 높은 공대라 할 수 있다.

유저들이 전부 고렙에 적극적으로 달려들어 한 번 섬멸할 때마다 10레벨 오르는 것은 예사다.

게다가 삼 일에 한 번은 꼭 도전한다.

한데 오늘은 분위기가 예사롭지 않다.

평소와 같은 비장감은 얼굴에 한가득인데 그 수가 대폭 줄어 있다.

앗!!!

곧 이유가 밝혀졌다.

이제는 흔해져 버린 마그마 골렘을 소환하는 게 아니었다.

메이지들이 마력을 부여해 이공간 게이트를 열고 있었다.

그리고 검은 심연 속에서 강철거인들이 속속 소환되어 등장했다.

쿵—!!!

내가 유저 상태라면 당장 달려들어 요절을 낼 기회가 뻔히 눈앞에 펼쳐졌음에도 나는 꿈쩍할 수 없었다. 언약의 사슬로 인해 주어진 권역을 넘을 수 없었기에.

몬스터의 비애였다.

무려 일곱 기의 강철거인이 도열했다.

저렇게 맛난 먹잇감을 보고만 있어야 하다니….

크기와 생김이 제각각인 것을 보니 출토 던전이 여기저기인 게 확실했다.

여하튼 드디어 토벌대가 강철거인을 동원하기 시작했다는 것이다.

후우우우우우우우우우우우웅—!!!

웅혼한 마나 엔진음이 동시에 울리며 일곱 기의 강철거인이 기동하기 시작했다.

어?

내가 목표가 아니었다.

이 일곱 기의 강철거인들은 권역에 들어오자마자 약속이라도 한 듯 흩어졌다.

강철거인으로도 체적의 차이를 극복할 수 없다고 생각했음인가.

그들이 작업장에 난입했다.

그리고 채광 작업에 열중인 기어 골렘들을 가차없이 베어 넘기거나 부숴 버리는 것이었다.

콰광—! 파쓰응!!

위기에 놓인 기어 골렘에 의식을 전달해 회피나 반항을 시도했지만 유저들이 탑승한 강철거인의 움직임과 파워를 감당하기엔 역부족이었다.

그렇다.

유저들은 채광 작업을 통해 이 거대한 기어 골렘이 유지된다고 믿고 있음이다.

물론 틀린 생각은 아니지만 전적으로 맞는 것도 아니다.

백색 기둥에서 채취한 광석을 던져 넣는 것은 인공지능이 정한 고유의 사명이다.

그리고 그 작업의 방해자를 처단하는 것이 구장군의 역할이었다.

하나 그 구장군의 인공지능은 소멸되었고, 문제의 나로 대체되었다.

일반 유저들은 기어 골렘을 자신들이 노획할 노획품으로

여기고 공격하지 않았다. 하나 이들은 독이 올랐는지 더 이상 그 점을 염두에 두지 않기로 한 것이다.

채광장의 기어 골렘들은 허무하게 학살당하고 있었다.

내가 기어 골렘들을 보호해야 하지만 이 거대화한 덩치로 제압하기엔 결정적으로… 느렸다.

그리고 빠져나갈 틈이 컸다.

보호 수단을 강구하지 못하고 있는 사이 벌써 93대의 기어 골렘들이 부서져 채광장에 잔해로 너부러졌다.

사냥당하고 있는 기어 골렘에 의식을 전달해 반항하기를 멈추었다, 매서커 캐릭으로 강철거인을 운영해 보았기에.

그리고 저들은 일곱, 나는 하나.

이예—!!!

학살이 순조롭게 진행되자 후위에 남은 공대원들의 함성 이 귓속을 파고들었다.

의식이 전달되는 대상은 가까운 곳에 또 있음을 상기했 다.

입가에 가는 미소가 걸렸다.

백색 기둥으로 이동했다.

그리고 백색 기둥에 쌍절검의 하나를 박아 넣었다.

푸욱—!!!

백색 파문이 생기며 쌍절검의 하나를 받아들였다.

좋아!

느낌이 왔다.

이어 나머지 쌍절검 하나를 지면 깊이 박아 넣었다.

투웅─!!!

지면이 출렁이는 진동과 동시에 검을 중심으로 회색 먼지 파문이 퍼져 나갔다.

느낌이 좋다.

나는 눈을 감으며 기어 골렘의 기동을 전부 중지시켰다.

위험을 알리는 기어 골렘들의 인공지능의 호소가 빗발쳤지만 나는 무시했다.

그리고 지면을 타고 전해지는 일곱 기의 강철거인의 진동을 하나하나 구분하고 찾아 나갔다.

나의 움직임에 위기를 느낀 강철거인들은 멀리 떨어져 기어 골렘을 사냥하기 시작했다.

토벌보다 힘을 빼 놓으려는 의도가 느껴졌다.

침착하게 숨을 고르고 감각이 날카롭게 유지되도록 집중했다.

…하나.

드디어 강철거인의 진동 하나가 척추를 타고 올라왔다.

하나론 부족하다.

좀 더 시간과 집중이 필요했다.

그사이 기어 골렘들은 학살에 고스란히 노출되었다.

…시끄럽게.

나를 밀어내고 또 다른 인공지능으로 대체하겠다는 협박
이 들어왔다.

다른 인공지능이 머릿속에 남은 우우를 용납하지 않을 것
이 뻔하다.

내부 기어를 톱니처럼 돌려 신체를 토막토막 분리시킬 터.

됐어! 됐다고?!
일곱 마리 모두 어떻게 움직이는지 파악했다고?!
뇌가 타들어 갔다.

0에 든 동화율을 99%까지 튕겼다.

팟팟팟―!!!

감은 눈에 하얀 별이 번쩍했다.

쌍절검이 박힌 백색 기둥의 부피가 순간적으로 잘록 줄어들었다.

츄학― 퓨핫!!!

땅속에서 백색 사슬 일곱 가닥이 스프링 뛰듯 튀어올랐다.

그리고 채광장을 헤집고 학살을 자행하는 일곱 기의 강철거인의 발목을, 허리를, 목을, 팔을 휘감았다.

이 일곱 기의 강철거인은 독립적으로 넓은 지역에 흩어져 있었지만 예외없이 언약의 사슬에 휘감기고 말았다.

손맛을 아는 낚시꾼처럼 나는 언약의 사슬을 끌어당겼다.

그렇다!

땅에 박힌 쌍절검은 언약의 사슬의 변이다. 그 변이를 나는 이용했다. 땅에 박힌 검끝이 변이를 개시, 일곱 가지 사슬로 분리, 지반을 헤집고 뻗어나간 것이다. 바로 일곱 망둥이 밑으로.

사슬에 휘감긴 강철거인들이 반항하기 시작했다.

과연 유저들!

순간적으로 당김을 멈추었다. 아니, 풀었다.

끌려오지 않으려고 버티던 힘을 이기지 못하고 강철거인들이 뒤로 주르륵 물러났다.

다시 톡 당기듯 당겼다. 그러자 여유가 생긴 폭만큼 사슬을 다시금 강철거인을 향해 휘감았다.

차라라라라라라라랑!!!

쇠사슬이 마찰하는 경쾌한 음색이 듣기 좋다.

그렇게 더러는 더 치명적인 부위에 언약의 사슬이 한 꺼풀 더 휘감겼다.

다시금 팽팽한 당김이 느껴지면 풀었다.

더러 몇몇이 검으로 언약의 사슬을 자르려고 했지만 중심을 잃고 자세가 흐트러진 상태에서 오러를 발할 기회를 줄 내가 아니다.

밀고 당기기를 반복하며 계속해서 강철거인들을 언약의 사슬로 옥죄었다.

드디어… 땅에 박은 검을 뽑아들었다.

텅텅텅텅— 우당탕!!!

쌍절검 끝이 일곱 가닥의 사슬로 변형되어 있고 그 끝에 일곱 기의 강철거인이 칭칭 감겨 대롱대롱 매달려 있었다.

저 너머 대기 중인 유저들의 안타까운 한숨 소리가 기분좋게 들렸다.

나는 검을 들어 강철거인을 머리 위로 옮겼다.

입을 크게 벌렸다.

강철거인 하나를 밀어 넣었다.

저 멀리 비명이 터져 나왔다.

그러든지 말든지 하나둘 차례차례 강철거인을 집어삼켰
다.
뱃속에 들어간 강철거인들은…….

당신의 언약의 사슬 이용에 탄복했습니다.

…나이트 급 골렘 1기를 상처없이 획득했습니다.

레벨업을 하였습니다.

…솔져 급 골렘 1기를 상처없이 획득했습니다.

레벨업을 하였습니다.

…나이트 급 골렘 1기를 상처없이 획득했습니다.

레벨업을 하였습니다.

…….

후후, 뱃속에서 소화되는 상황을 친절하게 알려주다니….
金生도 나쁘지 않군.

이때 우우가 안타까운 목소리로 말했다,
"우우, 그동안 배 많이 고팠구낭?"
…아니거든?!
"우우, 얼마나 배가 고팠을까?! 다 이해한다능."
뭘 이해한다는거야?!

하나, 이것은… 피와 살이 되는 특식!

Act 03
지오 대 지오

機甲戰記
Massacre
기갑전기 매서커

　나는 가상 사회의 최대 이슈가 되었다.

　당연히 좋은 쪽이 아니라 나쁜 쪽으로. E&T뿐 아니라 다른 가상 게임에서도 반드시 언급되는 이슈 몬스터로.

　'이주의 몬스터' 라는 유저들이 만든 잡지에 표지 모델로 3주 연속 등장하고 있다.

　오르골 골렘이라는 덩치에 어울리지 않는 로맨틱한 별명도 붙었다.

　그 어떤 게임도 구현하지 못한 특대형 크기와 덩치로 존경을 제외한 경외와 조롱과 야유의 대상으로 알려졌다.

　이런 식으로.

공대 후기.

안녕하세요, 가상 인류 여러분.

백절불굴 길드의 길마, 무스탕입니다.

여러분들도 아시다시피 백절불굴 길드는 순수 유저들이 모인 친목 공략 전문 길드입니다. 단 한 번도 그 순수성을 의심받지 않은 길드이기에 저의 가상 인류로서의 자부심은 그 누구보다도 뜨겁습니다.

아무튼 수많은 가상 게임에서 '최초의 공략 팀' 이라는 타이틀을 달기 위해 모인 길드죠. 다른 공략 전문 길드와 선의의 경쟁도 즐겁습니다.

이 타이틀을 지상 목표로 그 어떤 타협 없이 저희 길드원들은 최선을 다해 攻略記를 순수 유저 여러분들에게 제공하고 있습니다.

그 덕에 제법 가상 사회에서 실력을 인정받고 있고요.

버그마저 공략한 백절불굴 길드!

가상 인류 여러분들의 저희 길드에 대한 평가입니다.

그런데 말입니다, 여러 공략을 전전했지만 이번 공략의 대상은 '버그' 라는 의심을 지울 수 없습니다.

그렇습니다, 바로 그 백색 연옥의 주인 오르골 골렘을 말하는 겁니다.

이는 5백 명에 달하는 길드원들이 3주 동안 8번의 트라이를 하고 내린 결론입니다.

물론 그 과정에 로드 급 금속충을 다수 토벌해 여러분들의 기대와 지지를 과분하게 받았습니다.

하나 금속 호수에서부터는 토벌에 필요한 그 어떤 단서도 제공받지 못한 채 백색 연옥에서 오르골 골렘을 상대해야만 했습니다.

오르골 골렘… 이건 그저 덩치만 큰 것이 아니라 영악하기까지 하더군요.

인공지능다운 패턴 반응은 기대할 수조차 없는, 말 그대로 살아 있는 생물이었습니다. 그 덩치에 유도의 낙법이라니……. 다리 교각을 뽑은 듯한 거대한 검까지.

몬스터가 유저를 상대로 성장하며 학습 기능이 어느 정도 있는 최고급의 인공지능이 탑재되어 있다 하더라도 이건 아닙니다.

유저를 제물로 한 그 빠른 성장하며… E&T에서 밸런스 조정에 실패한 버그 덩어리를 이 백색 연옥에 폐기한 게 아닐까요?

그렇습니다, 백색 연옥은 인공지능의 쓰레기장입니다.

그 황폐하고 텅 빈 공간이 증거입니다.

E&T는 유저들을 기만하고 있는 것입니다.

필드를 설계하다 놀라운 버그에 부랴부랴 덮은 거죠.

게다가 종장에 벌어지는 그 어울리지 않는 세레머니는 또 어떻습니까?

금속을 울려 대중음악을 연주해 물러나는 유저들을 조롱하기까지.

그 덩치로 잘 알려진 사랑 노래 타령이 어울린다고 생각하십니까?

바로 이것이 버그의 증거가 아니고 무엇이겠습니까?

존재 자체가 버그!

그런 버그에 유저들의 시간과 땀을 낭비케 하다니 있을 수 없는 일입니다.

유저 여러분, 이에 우리 백절불굴 길드에서는 백만 유저 버그 인정 서명 운동을 시작하기로 했습니다.

E&T로 하여금 자신들의 버그를 인정하고 백색 연옥 필드를 폐기할 것을 강력하게 주장합니다.

이를 통해 적절한 보상을 쟁취할 것입니다.

저희 길드가 수행한 여덟 차례의 공략기를 찬찬히 확인하시고 공감하시면 많은 동참바랍니다.

긴 글 읽어 주셔서 감사합니다.

유저님들의 광랩과 폭템을 기원하며 그만 줄입니다.

참고: 동영상 링크 1~8.

존재 자체가 버그라…….

이렇게 완벽하게 버그 덩어리로 전락했다.

헹— 버그도 공략하는 길드 좋아하시네.

인생이… 버그이니 맞을지도.

자기비하는 잠시 물리고, 민망하게 오르골 골렘이란다.

나보다 더 민망한 것은 물론 직접 노래 부르는 우우겠지만 그녀의 노래는 유저의 귀까지 전달되지 않는다. 관현악단을 군단 급으로 키운 소리를 내는 나로 인해 말이다.

골렘 내부에 금속수로 얇은 판을 만들어 맑고 깨끗한 소리를 낼 수 있도록 튜닝했다. 말을 못하니 공력을 들일 게 마땅치 않은 결과지만 소리를 만드는 느낌이 여간 재미있는 것이 아니다.

그 누구에게는 지독한 조롱이 되겠지만.

여하튼 이치들, 정말 프로 공장들 다음으로 질긴 놈들이었다.

순수한 유저들의 모임이라 그런지 가미가제식 자기희생을 밥먹듯이 하며 진을 빼놓았다.

애꿎게 분신인 기어 골렘들이 많이 상했다.

마지막 트라이에선 희소한 유저 탑승 강철거인을 무려 일곱 기나 동원했다.

찌질했지만… 부자였다.

이들이 오르골 골렘에 결정적으로 골이 난 이유이리라.

…엄청난 손해를 본 것이니.

일곱 기의 강철거인은 내 뱃속에 든든하게 자리 잡고 있다.

이런 건 먹으면 먹을수록 배가 고파지는 음식이 아니던가, <u>호호</u>.

당연히 고전했다.

기어 골렘 특유의 어기적거리는 움직임으로 피 말라가며 고생한 나로선 우우의 노래만으로 끝낼 수 없었다. 딩가딩가— 최신 나이트 댄스곡으로 송별의 정을 따로 전달했다.

내 연주에 나는 솔직히 크게 만족한 사건이었다.

지랄 같은 세레머니라고 악평으로 도배해 보았자다.

흥, 버그는 그따위에 의미를 두지 않아.

강철거인, 맛만 좋더라?!

공대 후기에 악플 하나를 달아 주었다.

지랄 같은 유저들이 지랄 같은 장소에서 지랄 같은 상대를 만나 지랄 같이 두들겨 맞아 지랄 같은 불평을 늘어놓아 보았자 이 지랄 같은 상대의 지랄은 일취월장할 따름이니…….

오르골 지랄 만세다!

그렇게 유저의 절망과 낙담이 나, 오르골 골렘에겐 꿈과 희망으로 치환되어 덩치를 가득 키우고 있다.

어디까지 자랄지…….

＊　　　＊　　　＊

심장이 콩닥콩닥.

…강적이다. 강적이야. 아니, 마물이다, 마물이야.

인간이 이렇게 아름다울 수는 없어…….

지금 나를 위해 죽으라면 감히 죽을 수 있을 것 같은 미모의 소유자.

그런 눈앞에 현실의 위험이 넘실거리고 있다.

현실의 나와 가상의 나를 알고 있는 여인… 배반의 장미, 장미였다.

자연스러운 옅은 화장만으로 눈이 부시다.

현실 미인의 정점에 있는 존재답다 할까.

버츄얼 엔터테인먼트 기획총괄이사 직함으로 수많은 가상의 영웅들을 쥐락펴락하는 존재임을 잊으면 안 된다.

그녀의 하얀 손에 쥔 검은 펜이 한 바퀴 돌았다. 이어 반대로 두 바퀴 돌았다.

와, 잘 돌린다.

"헤헤, 재주 좋으십니다."

새파란 실핏줄이 투명한 피부를 타고 흐르고 있으니 인간은 인간인데 기이한 박력에 압도당한 나는 실없는 웃음만 흘렸다.

"손보다 제 얼굴을 보고 이야기하시죠."

“…….”

무서워서.

“…그러니까, 지오님을 위해 기획한 본사의 계획이 왜 마음에 들지 않는 거죠? 납득할 만한 대답을 주셔야 이 기획을 수정하죠.”

“…….”

꿀 먹은 벙어리 모드.

아 씨, 그러니까 팬텀이 어떻게 기어 골렘을 처단하는 공대를 이끄냔 말이다.

그렇다, 내가 나를 잡으러 가는 기획안이 내 눈앞에 떡 하니 제시되어 있는 것이다.

기어 골렘이 또 하나의 지오라고 말할 수도 없고… 미칠 노릇이다.

말하면 믿겠지만 귀찮은 일이 더 꼬일 게 뻔하다.

“이사님, 저의 첫 데뷔 치고 너무 과한 투자라 생각돼서 그렇습니다. 저 자신이 부담이 너무 된다 할까요.”

급하게 겸손을 가장한 변명을 하긴 했는데 장미의 눈이 치켜 올라갔다.

와, 상큼 미인!

“바로 그거예요. 첫 데뷔이기에 확실하게 팬텀의 위력을 각인시킬 필요가 있어요.”

“그게…….”

"나는 알아요. 아니, 내 눈은 정확해요."

"예?"

"지오님은 누가 무어라 해도 주인공이에요. 처음부터 단역은 의미없어요, 주연으로 시작해야 주연 역할을 계속해서 꿰어찰 수 있다 이거죠."

"그건 그래도, 이 건은……."

아니, 이 아줌마야. 나를 높이 평가해 줘서 감사하긴 한데… 내가 나를 때려 잡는다는 것이 말이 되냐고?

숨은 속사정을 말을 못하니 끙끙 앓을 뿐이었다.

"지오님이 오르골 골렘을 처단 못할 것 같아서 그런 건 알아요. 정말 무식한 크기죠."

"……."

절대 무식하지 않거든.

여하튼 그간 수많은 공대가 나의 분신인 기어 골렘에 무너졌다.

그 덕에 지금 유저들은 '오르골 골렘' 이라는 애칭을 붙여 꽤 유명 인사가 되어버렸다.

공대를 전멸로 몰아넣고, 승리를 자축하는 음악을 연주하는 것으로 약을 올린 결과다.

덕분에 로드 시리즈를 능가하는 PART2 최고의 보스 몬스터로 지목당하고 말았다.

장미의 설득은 집요했다. 눈빛은 묘한 열기로 가득하다.

이마저도 매력, 매력, 넘치는 매력!

"오르골 골렘 자체가 E&T도 예상 못한 대형 이벤트가 된 경우라 전세계적으로 이슈가 되었어요."

"……."

왜 아니 그럴까, 특대의 크기로 유저들을 집어삼키고 있으니.

대지의 일족 퀘스트 자체가 산으로 간 상태다.

히든 퀘스트라는 말이 공공연하게 언급되며 불나방들을 끌어들이고 있다.

"그래서 특별히 미국과 중국, 일본의 공대까지 받아들이기로 글로벌 E&T가 결정했어요. 그런 마당이니 팬텀을 전세계에 알릴 절호의 기회라는 것이죠."

"아, 그런 일이."

역시 정보가 빠른 회사다웠다.

가만… 그러니까 전세계에서 나를 잡으러 온다는 거잖아.

이걸 좋아해야 하나 싫어해야 하나.

"그리고 지오님을 후원하기 위해 본사 차원에서 섭외한 대형 작업장이 세 곳이나 참여할 거예요. 실패하더라도 큰 그림이 나오게 되어 있어요. 부담 가지지 마세요."

"우와―"

그래서 더 부담된다니까.

"지오님의 형제 작업장도 협력 업체로 지정해서 참여시킬 수도 있어요."

"……."

이런 사태를 만든 원흉들에게 과한 대우요, 라고 말할 수도 없고.

여하튼 장미의 성격이 집요하다는 것은 알고 있었지만 직접 접하니 명불허전이라.

계약금을 받지 않은 게 천만다행이랄까.

오로지 런닝 개런티!

더 이상 엮이면 곤란하지라.

내가 어쩌다 오르골 골렘이 되어서… 안 해도 되는 고민을 하게 됐는지.

후회하는데 팬을 돌리던 장미의 손이 내 손을 잡았다.

뜨헉― 혁혁혁…….

짜릿한 전기가 숨골을 강타했다.

"우린 지오님을 믿어요. 아뇨, 제가 믿어요."

"음."

…이제야 미인계냐?!

아니 이런 순간을 노리고 뻐팅긴 건 아니고.

"제 기대를 저버리지 마세요. 그럼, 하시는 거죠?"

"……."

체온이 통하는 이 마당에 해야지 어쩌겠어.

이래서 현실의 미인과 엮이면 곤란하다니까.

"그럼 믿고 준비하겠어요."

"…예."

가는 목소리로 대답하고 말았다.

나중에 뽀롱나서 추궁당하더라도… 이순간만 기억하면 되는 거다.

인생 뭐라고?

고(苦), 그래, 그 고(GO)다.

OF TEN DIVINE NAMES
Act 04
처묵처묵

機甲戰記
Massacre
기갑전기 매서커

스드드드드둥―

층간 공간 이동 기기 특유의 부양감을 끝으로 문이 열렸다.

환하게 쏟아져 들어오는 형형색색 빛의 테러!

격세지감은 이런 걸 두고 말하는 것이리라.

시간은 흐르고 자연 퀘스트는 무성한 가지처럼 뻗어 유저들에게 뿌려졌고, 기어 골렘에 욕심을 낸 무모한 도전이 이어졌다.

그 결과 텅 빈 기둥 유적지 내부에 작은 거점 마을이 생겨났다.

유저들에게 제일 중요한 세 가지인 부활지, 공간 이동 게이트, 이공간 창고 서비스를 제외한 최소 서비스만 제공되었다. 모든 것이 유저들의 물물교환으로 이루어지는 순수한 개척 마을의 모습이었다.

형형색색의 마법등이 거리를 화려하게 수놓고 있다.

천정 높은 백색의 공간 한켠 환한 마법등 아래 호객 행위가 한창이다.

"자자, 용사님들, 전사님들, 기사님들, 마법사님들, 정령사님들, 저기 사령사님… 두루두루 여러 용자님들~ 이곳까지 오시느라 정말 수고 많으셨습니다. 형제 식당에서 제공하는 특식으로 활력을 넘치도록 충전하십시오. 예, 이쪽이 그 유명한 형제 식당입니다."

기둥 엘리베이터에서 내린 난감한 몰골의 유저들은 큰곰이의 우렁찬 호객에 형제 식당으로 자연스레 발걸음을 옮겼다.

다들 아이템을 정비할 생각조차 할 수 없는 기력 쇠잔 상태인가, 지쳐서들 걸음걸음이 후들후들 떨리고 있었다.

활력이 고갈된 상태임이 역력했다.

그 어떤 약물, 포션도 의미없다. 기아 상태를 탈출할 고단백의 음식 섭취가 유일한 해결책이다.

다들 금속 호수 동굴을 지나오며 전력질주를 했을 터다. 더러는 호수를 건너는데 노를 저었으리라.

당연히 결정적으로 자신의 운을 실험하기 위해 금속수의

전환에 진력을 퍼부었을 터.

금속충을 상대로 수많은 공대가 도전하는 과정에 여러 거점 마을이 중간중간 생겨났지만 PART2 몬스터의 위력 앞에 거덜날 수밖에 없었다. 보급품은 여전히 자신이 출발했을 때 준비한 게 전부인 상태로 여기까지 왔으니 제일 먼저 바닥나는 게 활력을 관리하는 음식물이었다.

"……."

그렇게 달라진 모습을 요모조모 살피며 나름의 감상에 젖어 있는데.

"정보가 모이는 장소가 저기 처묵 식당, 아니, 형제 식당이라더군요. 우리 가요."

장미의 재촉이 있었다.

그렇다, 오르골 골렘을 토벌하러 팬텀으로 이곳에 다시 발을 디딘 것이다.

나의 팬텀 캐릭은 후드를 눌러쓴 채 장미와 그런 후줄근한 유저들 틈에 끼어들었다.

그 뒤를 장미의 친위대 두 명과 옵저버를 자처한 다른 가상 게임의 영웅들이 함께했다.

이 영웅의 등장을 이곳 유저들이 안다면 커다란 사단이 날 게 뻔했다.

E&T에 새로운 캐릭을 생성했지만 다들 로브로 얼굴을 가린 상태다. 그만큼 이들에게선 영웅의 아우라가 넘실거렸다.

이벤트 진행을 위해 각자 모습을 가린 것이다.

이 이벤트의 주인공은 나, 팬텀이기에.

아무튼 장미는 타군자(타락한 군주를 처단한자) 타이틀의 소유자인 팬텀의 안내와 호위로 다른 유저들에 비해 편하게 온 편이다.

무려 시간과 거리를 삼분지일로 끊었다.

뭐, 캐릭은 다르지만 두 번째이기에 팬텀으로 '갑갑한 가브가브' 같은 급인 필드 보스를 무려 둘이나 처치했다.

'중중한 주그주그'와 '당당한 다그다그'라는 거대 금속충이었다.

팬텀, 메이지 지오에 비해 히든 클래스를 부여받은 캐릭의 위력은 그렇게 무서웠다.

그 덕에 지금 장미의 기대감은 최고조에 달해 있다.

"우와아— 커플이 이곳까지 같이 생존해 오다니 대단하십니다. 자, 이리로."

그 커플 아니거든?!

특유의 호들갑을 떠는 큰곰이 나와 장미를 정중앙의 4인용 탁자로 안내했다.

탁자 중앙 유리병에 붉은 장미 한 송이가 자리 잡고 있었다.

나름 커플석이라 이건가.

장미는 큰곰이에게 고개를 까닥이며 무언의 인사를 건넸다.

　역시 거물의 포스는 이런 척박한 곳에서도 최상의 서비스를 제공받는구나.

　큰곰이 장미가 거느린 일행들의 규모를 파악했을 터이니 공대장 급으로 생각한 배려이리라.

　근데…….

　응? 왜 안 앉는거야?! 의자는 먼지 한 톨 없이 깨끗하구먼.

　아차차, 미요로 인해 몸에 배인 움직임이 팬텀의 행동에도 역시 배어 나왔다.

　의자를 당겨 공간을 만들어주자 그제야 장미는 당연한 것처럼 앉았다. 알맞게 의자를 밀어주는 나.

　우씨, 왜 하인이 된 느낌이지?! 하긴 장미와의 관계는 고용주와 고용인이니.

　특별대우에 다른 일행들과 흩어져야 했다. 대다수가 근처에 자리 잡았다.

　큰곰의 입이 귀밑까지 길게 걸렸다.

　실력에 더불어 돈 많아 보이는 공대로 파악한 것이다.

　그런 유저들이 오래 머무르니 돈이 된다.

　어이― 그거 아니거든?!

　아는 척하려다 괜히 염장 지르는 것 같아 참아주기로 했다.

　장미는 속보이는 큰곰이의 두루뭉술한 모습이 호감이 가는지 손을 가리고 쿡쿡 웃었다.

　여하튼 식당 안은 처참한 몰골의 유저들로 인산인해였다.

다시 한 번 언급하지만 금속 호수 기둥 안엔 한 달 동안 무수한 공대가 도전하며 마법무구점과 대장간 등이 여럿 생겼지만 '활력 충전' 식당은 큰곰이의 형제 식당이 유일했다.

유저 사회에선 처묵 식당으로 알려졌다.

보통 여러 필드를 전전하다 보면 필드에서 몬스터의 고기로 활력을 충전한다. 하나 금속충이 드글거리는 필드에선 먹을거리가 될 만한 몬스터가 전혀 없다.

금속충은 아이템 부속물은 될 수 있어도 유저의 뱃속에서 소화될 건덕지는 전혀 없는 몬스터.

당연히 금속수 역시 제아무리 금으로 변해도 먹을 수 없다.

이 형제 식당의 존재는 사막의 오아시스와 같이 되고 말았다.

자연 토벌 직전 모든 유저들의 대기 장소가 되었고, 정보와 물물교환이 자연스럽게 이루어졌다. 대도시 경매장 같은 왁작한 분위기로 들떠 있다.

"흠흠, 나는 성전기사단원이라 이번엔 부활지를 이용해 3일을 줄일 수 있었어. 그 덕에 개털 상태야."

"후후, 알았어, 한잔 사지."

"감사하이—"

"부활지 이용 대금이 비싸기로 소문난 성전기사단이니……. 여하튼 그나마 성전기사단이 부활지를 구축했지만 이틀 거리니, 나 원—"

"그래도 그게 어디야? 처음엔 7일 거리였다고."

"하긴… 금속수만 아니어도 이런 트라이를 안 하는 건데."

"그렇지?! 그나마 금속수가 있으니까 공대가 꾸려지는 게 아닐까?"

"유일하게 PART2 아이템을 갖추는 곳이니… 그럴지도."

옆 테이블 유저들의 대화였다.

다들 금속수를 이용한 유백색 아이템으로 부분 무장한 모습들이 은근히 자기과시적이다.

그렇게 그들은 베테랑 분위기를 풀풀 풍겼다.

금속수는 유저들의 레벨과 성향에 따라 그 물성이 제각각으로 변했다.

그것만으로도 공대를 불러들였고 재도전을 마다하지 않는 이유가 되었다.

금속수가 유저들의 마력(魔力)이나 진력(盡力), 주력(呪力) 등 정신 에너지로 유의미한 희귀 금속으로 변하기만 한다면… 그런 횡재가 없다.

당연히 횡재한 유저일수록 레벨이나 부여받은 히든 클래스가 예사롭지 않음의 증거가 되기도 했다.

그렇게 식당 안에 자리한 유저들은 거르고 거른 유저들이었다.

유저들 간의 정보 교환과 아이템 흥정이 자연스럽게 이루어지며 중간중간 큰곰이가 개입해 흥정을 붙이고 거래 공중까지 했다.

이곳이 식당 이상으로 번잡한 이유였다.

이곳 분위기에 익숙해질 즈음.

큰곰이가 재차 새로 도착한 유저를 안내해 왔다.

탁한 유백색 자이언트 햄머를 어깨에 떡 하니 걸친 덩치가 예사롭지 않은 사내였다. 목에 포악한 금속충의 눈알로 염주를 만들어 걸치고 있다.

그의 등장과 동시에 시끄럽던 공간이 조용해졌다.

오호— 명사의 등장인가 보다.

그랬다, 다가오는 박력에 공기가 튕겨 나오는 게 느껴질 정도.

"자자, 용사님. 이쪽에 합석을 부탁드립니다. 같이 고생하는 처지니 너그러이 여겨주십시오."

"…그러지. 그럼 실례하겠수다—"

목소리는 덩치답게 걸걸하다. 하나 악의는 감지되지 않았다.

내가 장미 옆에 앉아 한 자리가 비었기에 그를 이 테이블로 받아들이고 말았다. 이는 장미와 친밀해지려는 의도가 아니다.

도저히 장미의 정면을 보고 있을 수 없어서다.

알잖아? …몰라도 어쩔 수 없고.

그렇게 낯선 유저들과 동석을 강요받는 입장이 되었지만 불만을 토로하기엔 자리가 턱없이 부족하니 장미도 감내하는 느낌이 들었다.

미요 같으면 테이블 아래에서 줄기차게 발로 나를 찼을 것이다.

터억ㅡ

덩치의 사내가 정면 자리를 차지하자 그림자가 드리우며 가로막힌 느낌이 들었다.

그 덕에 어깨를 타고 장미의 체온이 느껴졌다.

큰곰이는 그 점을 교묘히 이용해 유저들을 엮어 주문을 받았다.

"용사님들, 보시다시피 많은 사람이 이용해 순서가 많이 밀려 있습니다."

…….

"그래서… 세트 메뉴만 주문받고 있습니다. 이 점 다시 한 번 양해 부탁드립니다."

무조건 한 가지만 판단다, 세트로.

큰곰이 제시한 세트 메뉴의 내용은 활력을 충전하고 넘치는 과잉 먹거리였다.

"끄응." "흐음." "음……."

일명 처묵처묵 세트!

가상에서 이 세트를 먹으면 현실에서 하루 동안 음식 생각을 쫓아 버린다는… 궁극의 다이어트 병기로 알려졌다.

보통 이런 경우 대다수 유저들은 고개를 끄덕이며 말없이 쓰린 속을 다스린다.

메뉴를 살피는 사내의 눈이 사납게 치켜 올라갔다.

오싹!

역시 거친 반응이 거구의 사내에게서 터져 나왔다,

"이봐, 주인장. 내 자랑은 아니지만 요리 스킬을 전설의 요리장까지 찍은… 나름 섬세한 캐릭이요."

"오오, 예, 예. 용자님."

"그러니까… 엉터리 먹을거리로 바가지를 씌울 생각일랑은 함부로 하지 말란 말이다, 이거요. 특히 메뉴에 쓰인 이 원산지!"

텅—!

장신의 텁석부리가 손에 든 햄머로 바닥을 치며 큰곰이에게 으름장을 놓았다.

"…헉!"

그러자 실내가 술렁이기 시작했다. 그를 이제야 알아보는 유저들의 증언이 이어졌다.

"앗—! 미친 망치, 바바야다—!!"

"주점 파괴자다!"

"몬스터 요리의 대가!"

"감옥에 있을 자가 어떻게 여기에?"

다양한 반응이 나타났지만 결코 호의적이지 않다.

술렁술렁— 유저들이 중앙 탁자를 중심으로 슬금슬금 거리를 두는 식으로 탁자째 들고 물러났다.

탁자가 끌리는 거북한 소음 하며 유저들의 동요가 컸다.

!

나도 들은 기억이 있는 유저다.

유저 바바야는 악당은 아니다. 그렇다고 정의로운 성향을 가진 유저도 아니다. 유저들이 많은 이런 주점에서 사소한 문제로 난동을 부려 기어이 주점을 내려 앉히는 것으로 끝을 내는 자다.

일명 주점 파괴자!

당연히 도시 안에서의 난동이기에 자유도시 감옥을 제집처럼 들락거렸다.

유저들이 개업한 식당에 꼭 들러 최악의 품평을 날려 기어이 문을 닫게 만들기도 했다.

그는 요리는 취미가 아니다! 라는 말을 남겼다.

그에게 요리는 예술이었다. 이 가상에서조차.

그렇다.

또라이다!

E&T에선 상한 유저가 없으면 기물 파괴에 대해선 관대하다 할까.

내가 이런 또라이를 기억하는 것은 가신인 골든 보이와 마찰이 있는 것으로 알고 있기 때문이다.

공개적으로 결투를 신청하여 골든 보이를 자극했지만 골든 보이가 '쌩—' 을 놓았다.

원인은 골든 보이가 조리한 몬스터 꼬치가 유저들 사이에 미식으로 소문나서였다.

아, 물론 골든 보이는 무지 바쁘다. 영지를 순찰하며 오우거 잔당들을 사냥하느라 말이다. 게다가 요즘 내게 강철거인을 다루는 특훈을 받고 있기에 바바야의 공개 결투에 응할 수 없었다.

골든 보이가 결투를 외면하자 바바야는 기어이 지금처럼 바미안으로 찾아가는 방법을 택한 것이리라.

큰곰이 그 자리에 얼어붙었다.

"으으……."

큰곰이 역시 그의 이름을 들어보았을 터. 장사 캐릭답게 고개를 연신 조아리며 이마에 흐르는 땀을 훔쳤다.

큰곰이의 밀리터리 캐릭이 결코 약하지 않다.

큰곰이는 나를 가르친 스승이다. 그렇다, 큰곰이는 강하다.

하나 지금 캐릭은 평화로운 장사 캐릭이라는 게 그를 난감하게 했다.

나라는 든든한 보호자도 없다. 큰곰이 억울하다는 듯 말했다,

"원산지를 속이다뇨, 맛이 부족할지는 몰라도 정말 재료는 바미안 산입니다."

"흥—! 맛은 따지지 않겠어. 기대조차 하지 않으니까."

"……."

아니 이 작자가?! 그 요리를 누가 하는 줄 알아?

아차차, 릴랙스. 일단 전개를 지켜보기로 하자.

"그러나, 어디 두고 보지. 만약 원산지를 속인다면 주인장이 책임 단단히 져야 할 게야—"

바바야는 으름장을 단단히 놓았다.

"…여부가 있겠습니까. 애들아— 25번 테이블에 최고급 세트로 어서 빨리."

큰곰이가 주방 쪽으로 외치자.

"예." "네." "넹~" "하잉~" "큐잉~" "가염~"

여리고 약한 다양한 목소리와 함께 앞치마를 두른 아리따운 소녀들이 두툼하게 썰린 스테이크가 담긴 커다란 쟁반을 들고 나타났다.

길쭉길쭉한 다리선이 드러난 치마는 소위 말하는 하의 실종 수준이다. 무릎까지 내려오는 앞치마는 소녀들의 다리에 가한 테러!

그녀들은 생글생글 웃는 얼굴로 차례차례 우리 테이블에 다가와 스프 접시, 고기 쟁반, 채소 쟁반, 튀김 접시, 빵 쟁반에 얼굴만 한 함석잔 등을 놓고 주방으로 통통 튀듯이 사라졌다.

서빙이 무슨 공연을 하는 듯하다.

유저들 사이에서 아쉬운 한숨이 그 뒤를 따랐다.

"험험, 주인장. 어디서 저런 애들을 고용한 거요?"

"이야기하면 깁니다, 어서 시식해 보시죠."

"훙, 좋아. 난 미소녀 메이드들에게 결코 약하지 않아. 각오 단단히 하라고."

"……."

미인계를 부린다고 생각하는가 보다.

"도시 감옥에서 내가 할 수 있었던 건 바퀴벌레로 요리 스킬 올리기였다, 이거야."

허―

허탈한 탄식이 유저들 사이에서 터져 나왔다.

당연하다, 자신이 조리한 음식을 시음해야 되는 게 요리사의 기본이 아니던가.

몇몇은 가상임에도 쏠리는지 고개를 돌리거나 탁자 아래로 헛구역질을 연신 해댔다.

반면 큰곰이는 공손한 태도를 유지하며 자부심 가득한 눈으로 바바야의 반응을 살필 따름이다.

"응?! …이건?"

그는 신선하고 두툼한 스테이크를 들어 요리 스킬을 발동해 살펴 보았지만 분명 '바미안 특산, 흑우 안심' 이라고 확인할 수밖에 없으리라.

"이럴 수가… 정말 바미안 산인 거야?"

그는 크게 스테이크를 한입 베어 물었다.

육즙이 입가에 벌겋게 번져 나왔다.

맙소사— 음식을 섭취하는 데 동화율을 높이다니…….

"오옷! 이럴 수가?! 활력 급속 완충이라니……. 게다가 동화율 보정이 무려 한 시간—?!"

…….

먹는 순간 바닥인 활력이 급속도로 회복하며 동화율 보정까지 안정적인 상태로 유지되고 있음이라.

나야 늘 먹어봐서 안다.

사랑받는 영주의 좋은 점은 바미안에서 나는 제일 좋은 산물이 내 식탁에 오른다는 것이다.

초창기 사랑받지 못한 상태에서 내 식탁에 올라온 것은 소가 발 담근 멀건 스프였다.

내가 그런 걸 먹으며 버텼다는 거 아냐?!

"고기 등급 역시, 거짓없는 트리플A! 오옷, 이럴 수가?! 요리 스킬이 상승했어."

오오—!

옆자리에 자리한 유저들까지 덩달아 감탄성을 터뜨렸다.

이는 거점 도시에서나 제공될 법한 최상의 서비스가 아니던가?

"…바가지가 아니었어."

"역시, 비싼 이유가 있었군."

그렇게 감정 스킬이 없는 유저들이 고개를 끄덕였다.

바바야는 이어 함석잔에 든 맥주를 급하게 들이켰다.

"꺄아아아아—!"

…….

식당 안 유저들의 눈이 내려놓은 함석잔에 쏠렸다. 이 역시 공통의 관심사인가 보다.

바바야는 감탄성을 연신 터뜨렸다,

"이거… 예술이군. 물 자체가 달라. 그래, 최고야! 그럼 어디, 산지 판독!"

맛을 먼저보고 감별 스킬은 지금 발동한 것이다.

"오옷— 드워프의 흑맥주?! 정말 드워프의 맥주라니…….
이런 호사를 이런 궁벽한 곳에서 하다니?!"

오옷—!!!

유저들의 눈이 휘둥그레졌다.

드문드문 맥주로 목을 축이는 유저들 역시 함석잔에 든 내용물을 유심히 살피며 맛을 음미하는 반응을 보이기 시작했다. 다들 주면 주는 대로 마시다 정말로 드워프들의 맥주라는 사실에 놀란 얼굴이 되었다.

나름 섬세한 요리의 대가인 바바야가 원산지를 검증해 주지 않았으면 믿지 않았으리라.

그랬다, 다들 메뉴에 나와 있는 원산지 표시를 과잉 선전으로 치부하고 있었다.

식당 곳곳에 맥주잔을 들이키는 소리가 요란하게 울렸다.

바바야의 감탄스러운 얼굴은 금세 의문으로 바뀌었다.

"호오— 이런 식당이 있다니 다행… 아니, 이상한 걸?"

…….

"어디서 식재료를 보급받아 이 많은 유저들을 상대하는 거지?"

그런 바바야 앞에 큰곰이 커다란 함석잔을 탁자에 내려놓았다.

"서비스입니다, 원산지를 검증해 주신 감사의 뜻입니다."

"…가, 감사하군. 가만 당신이 이곳 주인장이 확실해?"

아직 시빗거리가 남은 반응이다.

"하아— 그렇습니다. 건너편 마법 무구점은 동생이 운영하고 있고요. 플라즈마 투척기와 구를 보충하고 싶으면 강력 추천입니다."

"아니, 말 돌리지 말고. 주인장, 진정으로 궁금한 게 있어."

태도가 다시 험악해지는 바바야다.

뭔가 꼬투리를 잡았다 생각하나 보다.

"뭐든지."

화도 나련만 큰곰이는 자신만만하게 응하고 있다.

역시 고객이라 이거지.

"이 식재료들이 어떤 경로로 오는 거요?"

그랬다, 식당의 공기가 조용히 가라앉았다.

3대 서비스가 불통인 유적 지대로, 이도 일종의 던전 안 아닌가.

"…음, 자랑은 아니지만 저는 이곳에 도착한 첫 공대의 생존자 중 한 사람입니다."

아―!!!

"그 덕에 약간의 혜택을 받았습니다. 그 가운데 중량사로서 공간 게이트를 열 수 있는 능력을 부여받았죠. 제일 가까운 도시가 바미안이라서 식재료 전부 바미안에서 보충받고 있습니다."

"그, 그럼?! 게이트만 열면 바미안으로 갈 수 있다는 거야?"

모두의 의문이기에 유저들의 시선이 불처럼 타올랐다.

큰곰이는 안타까운 표정을 지으며 돌출한 배를 쓸고 고개를 흔들었다.

"아쉽게도 살아 있는 생물은 모두 팅겨 나가는, 물품만 전송되는 게이트입니다. 그나마 시간도 정해져 있어요."

"이런……."

곳곳에서 아쉬운 한숨이 새어 나왔다.

"허허, 여하튼 그 덕에 아직 죽지 않고 입에 풀칠하고 있습니다."

"좋아, 그런데 이 스테이크 값과 맥주 값 너무 터무니없지 않아?"

다들 한숨 돌리면 본전 생각이 나는 것이다.

아무리 트리플A 등심에 드워프의 맥주라도 가격이 장난이 아니다.

거의 현실의 햄버거 세트 가격에 육박한다.

지금 제공하는 서비스의 가격은 교역 도시에서 제공하는 가격에 무려 열 배에 달한다.

주요 던전과 가까운 거점 도시 기준으로 하면 다섯 배 정도 폭리를 취하고 있다.

그렇기에 유저들의 눈빛이 다시금 사납게 빛났다.

누가 대신해서 나서주길 바랐는데 드디어 그 오지랖 넓은 임자가 나타난 것이다.

"예, 터무니없지요."

…….

너무도 솔직한 인정.

큰곰이에게 뭔가 사정이 있음을 눈치챘는지 모두 숨소리만 냈다.

이에 큰곰이가 처량한 어투로 말을 이었다,

"조금 전 말했듯, 이 공간 게이트는 제가 연결하고 싶을 때 열리는 게이트가 아닙니다. 바미안에서 허가해야 열리는 일방 게이트죠. 당연히 저는 물품을 받기 위해 바미안 영주에게 현금으로 물품 가격을 쳐주고 있는 형편입니다. 가상의 재화를 현실의 재화로 전환하는 단계를 거쳐야 하니… 이 정도 가격은 받아야 하는 거죠."

…….

다들 이해하는 눈치다.

은근히 기분 나쁘다.

"그러면 이 가격을 결정하는 것은 바미안 영주라는 말이군?"

"뭐, 대략 그렇게 되지요."

어이어이, 그런 거 아니거든?! 그 안에 오묘한 원가방정식이 숨어있다고.

엄밀히 말하면 반반 나누는 것이지만 화살은 바미안 영주를 향하고 있다.

여기서 나의 변명!

물론 이런 폭리는 다 이유가 있다.

메이지 지오가 가브가브의 왕관을 여우대가리 등 공장들에게 강탈당했다.

여우대가리들은 대지의 일족 퀘스트를 팔아 유저들을 대거 끌어들였고, 자연 기둥 안에 빈 방을 중심으로 마을이 만들어졌다.

엘리베이터를 움직이는 권한이 있는 여우대가리들이 마을의 실권자로 군림하고 있다.

게다가 큰곰이들에겐 엘리베이터를 이용 못하게 제한까지
걸었다.

이는 완벽한 고립!

음식물을 섭취 못해 활력 고갈로 캐릭을 말려 죽이려는 심
산이었다.

활력 고갈……. 음식물을 섭취 못해 활력이 고갈된 캐릭의
접속 가능 시간은 하루 중 5분이 다다.

그 기간이 길어지면 아사한다.

어지간해선 그런 일이 벌어지지 않지만 사설 감옥에 갇히
면 그런 일이 현실이 된다.

기억하는가? 매서커가 바미안 지하 감옥에 갇혀 트라이엄
프 클랜으로 연명해야 한 시절. 내부 내통자들이 보급품을 건
네주었기에 버틸 수 있었음을.

그러기에 가상임에도 꾸준히 음식물을 섭취하는 시늉을
해야 하는 것이고, 요리의 대가가 가상에서도 중요한 대우를
받고 있는 것이다.

하나 여우대가리 쪽은 짐작 못한 것이 있다. 바로 큰곰이들
은 PART2 유저라는 것과 바미안으로 통하는 게이트를 열 권
한이 주어졌다는 것을.

중량사로 능력이 일천해 게이트를 통과하진 못해도 바미
안에서 물건은 넘겨받을 수 있다.

그래서 이 기둥 안에서 '활력 식당' 을 개업할 수 있었다.

여우대가리 등 공장들 역시 이 식당을 마지못해 이용하고 있다.

이것이 보복성 가격 정책을 펼친 배경이다.

한데 나머지 엄한 유저들이 무슨 죄냐고?

보세요?! 나는 무슨 죄가 있다고 몬생을 살아야 하나요?

그리고 이들은 나를 한 대 쳐보겠다고 벼르고 온 유저들이 잖아.

다들 기발한 방법으로 때려대는데… 아파요, 무지 아파요!

그래, 그겁니다.

매 값이라 이겁니다.

게다가 당연히!

공장들이 퀘스트를 남발해 버는 만큼 우리도 벌어야 함이다.

그러던 중 미각시대 아이돌들을 종업원으로 고용하는 호사를 누리기까지, 그렇게 고립과 동시에 복이 터진 큰곰이었다.

"어이쿠, 곧 엘리베이터가 도착할 때가 되었군요. 즐거운 식사하십시오. 그럼."

"아, 수고하시구려. 의문이 풀렸소이다."

왠지 입맛을 다시는 바바야였다.

그의 손에 살아남은 유일한 식당이 탄생하는 순간인가?

큰곰이의 고객을 응대하는 태도는 그 어디에도 나무랄 것이 없다.

한데 큰곰이가 나가자 식당 안에 모인 유저들 사이에 분노가 들끓었다.

특히 바바야의 분노는 하늘을 찔렀다.

"망할 바미안 영주 같으니! 감히 먹는 것으로 장난을 쳐?! 바미안에 도착하는 즉시 가만두지 않겠어!"

짝짝짝—!

바바야의 큰소리에 호응하는 박수가 여기저기 터져 나왔다.

대다수가 공장들과 성전기사단 복장의 유저였다.

"바미안 영주가 악덕 영주라더니 과연……."

"어떻게 같은 유저들을 상대로 이럴 수 있지?! 가상 사회의 악의 축이야."

"맞아, 악의 축이야. 바미안 영주는 악의 축이야!"

"PART2 엔딩 보스가 바미안 영주라는 소문이 있어요. 즉, 바미안 영주는 유저가 아니라는 거죠."

"오호?!! 일리가 있어."

바미안 영주를 성토하는 외침과 저주의 건배가 여기저기 터져 나왔다.

끓는다, 끓어—! 부글부글 끓는다.

나는 이 모든 광경을 팬텀 캐릭으로 지켜볼 수밖에 없었다.

벌어진 입에 주먹이 들락거려도 모를 지경……. 후드를

뒤집어쓴 장미가 터지는 웃음에 입을 틀어막고 뒤로 넘어갔
다.

  큰곰이… 주거쓰―!!!

Act 05

도달자의 노래

機甲戰記
Massacre
기갑전기 매서커

사나운 저주가 소용돌이쳤다.

나는 그 대열에 동조할 수 없었다.

하아… 식당 영업 오늘로써 끝내야겠지?

그러자 바바야의 눈빛이 뚱하게 변해 나를 바라보았다.

"제길, 보급품을 충분히 준비했는데 금속수를 채운다고 버린 게 잘못이었어. 거기, 가면의 형씨는 금속수가 무슨 금속으로 변환되었소?"

바바야가 나에게 말을 걸어왔다.

내 옆에 여성 유저가 있으니 그 나름의 부드러운 접근이리라.

“…아, 나름 축캐(축복받은 캐릭)라 플래티늄(백금)으로 변하더군요.”

거짓말이다.

“호오— 마력이 정순한 분이시군.”

“과찬입니다.”

“나는 미스릴(진은)로 변하더이다. 옳거니 싶어 가방 가득 채우고 말았지 뭐요. 거참?!”

자랑할 만 했다. 모든 마법 아이템에 진은(미스릴)이 들어간다. 강화할 때 더미로 가장 많이 소모되기도 하고.

백금의 경우 그저 전격 계열 아티펙트에 들어가는 정도로 희귀한 가치에 비해 수요가 적어 좋은 가격을 받지 못하고 있다.

“그럼 저에게 일부 팔아 주시면 안 될까요? 아니, 제가 식대를 부담하는 거래는 어떤가요?”

굳이 마찰을 일으킬 필요가 없다. 비위를 맞추면 자기자랑에 취해 넘어갈 위인이기에.

“뭐, 그렇다면야……. 같이 합석한 것도 인연이니 그럽시다그려.”

경계가 금세 누그러들었다. 자연 이 테이블을 은근히 살피던 유저들의 눈도 돌려졌다.

보라고?! 이렇게 단순하다니까.

내가 싸움박질만 하는 게 아니라고.

게다가 팬텀은 부르주아 신사 아니던가. 부·르·주·아.

"감사합니다. 그럼, 거래창 열겠습니다."

"급하시네. 그럼 어디 보자……. 여기… 웅?!"

하나 문제는 미스릴을 넘겨받으면서 발생했다.

"앗―!!!"

?

바바야의 큰 외침에 다시금 유저들의 시선이 우리 테이블로 쏠렸다.

"…이 반지는?!"

아차!

제, 제길!! 유저와 교환할 일이 있으리라 생각지 않은 불찰!

손을 빼기도 전에 감정 스킬에 노출되고 말았다.

팟― 하는 섬광이 두 사람 사이에 생겨났다.

거래 중이라 거부하기엔 늦었다.

"…중중한 주그주그의 눈이라니?!"

중중한 주그주그는 풍뎅이 형태의 왼눈 보스 금속충이다.

하늘을 닮은 푸른 눈은 수박만 했고, 공격 패턴은 중량을 이용한 찍어 누르기와 반중력 마법까지 구사했다. 몸 전체에 걸쳐 오러 필드를 전개해 플라즈마 열기와 냉기 공격도 먹히지 않았다.

나 팬텀은 다리 밑으로 파고들어 불러드 필드를 증폭시켜 뒤집어 버렸다.

무려 300톤에 달하는 중량을 말이다.

위풍당당하던 주그주그는 버둥거리는 거북이 신세로 전락, 그 과정에 나는 코 점막 모세혈관이 터져 버리고 말았다.

그렇다, 코피 터졌다!

내 손가락에 끼인 보석 반지가 그 피 값의 증거라.

한데 이를 바바야가 알아보고 만 것이다.

"…아, 어떻게?"

당황해 목소리가 떨렸다.

"허, 운이 좋았습니다."

"거, 거짓말! 나와 같이한 공대 2백 명 중 살아남아 도망칠 수 있었던 자는 불과 열세 명이 다였어!"

절규에 가깝다.

"……."

그거야 댁 사정이고.

블러드 로드, 팬텀이 고작 필드 보스를 제압 못해서야 말이 되지 않잖은가.

아무튼 그렇게 당했으니 이 반지의 무궁한 푸른빛을 기억함이다.

유저들의 술렁임이 폭풍처럼 지나갔다.

의구심과 경악의 시선이 나를 관통했다.

"으으……."

바바야는 벌떡 일어나 손가락으로 나를 가리켰다. 눈이 험악하게 투기로 빛났다. 이는 아이템에 대한 탐욕이 아니었다. 강자에 대한 도전과 자신의 능력에 대해 확인하고자 하는 욕구가 담겨 있었다.

요리에 대한 집착에서 보았듯 나름 求道 성향이 강한 유저였다.

"그대, 가면 속의 정체를 밝혀라—"

…….

확 죽을래—?!

＊　　　＊　　　＊

정리할 필요가 있다.

1초를 30등분하는 느낌으로 자리에서 일어났다.

내가 이렇게 컸나?

바바야가 흠칫하며 저도 몰래 두 걸음 물러났다.

현실적인 박력이란 이런 거다.

바바야는 믿을 수 없다는 눈으로 고개를 부르르 털었다.

"크으……."

그는 자신이 왜 물러나는지 이해하지 못하는 표정으로 낮게 으르렁거렸다. 허둥지둥 자신의 옆으로 햄머를 끌어당겼다.

나는 길게 웃으며 망토형 후드를 고정하는 고리를 풀었다.

후드가 흘러내리자 백색 면구가 노출되었다.

!

역시 유저들이 먼저 알아보았다.

"동신, 팬텀이다―!"

"미궁의 팬텀!"

"로드 슬레이어, 팬텀―."

그리고 정적―

지금부턴 모든 이들이 경이로운 눈으로 나를 바라보고 있다.

연출에 의한 조작이라는 음해성 소문이 돌았지만 유저 사회에 동신의 모습은 깊이 각인된 상태다.

바바야는 명성에 지지 않겠다는 듯 눈을 부릅떴다.

"…들어는 보았다. 투왕 버서커, 골든 보이를 무릎 꿇리고 다음 상대로 동신을 생각하고 있었는데… 잘 만났다."

그러며 바바야는 햄머를 들어 가슴에 붙였다.

처억―!

쯧, 호기가 과하군.

하나 기세등등한 조금 전에 비해 목소리 끝이 갈라진 상태다.

눈빛이 흔들리고 있다.

이곳은 유적 지대 안의 임시로 만든 장소, 즉 필드와 마찬가지로 유저 간의 결투나 PK도 용인된다.

내가 이 유저를 상대로 드잡이질을 못할 이유가 없다.

하나 큰곰이의 사업장이 엉망이 될 터이다. 당연히 내 사업장이기도 하다.

매서커라면 이렇게 도발하는 유저는 맛있는 먹잇감이겠지만 팬텀에겐 별 의미 없다.

한 마디로 득될 게 없다.

피는 많아 보이긴 한데… 남자 목에 입술을 붙이고 싶지도 않다.

난 변태가 아니다.

이미 일어서며 죽여도 열 번은 죽일 수 있었다, 그 정도.

어떤 식으로 위력을 보여 침묵을 시킬까?

여하튼 이름이 서버린 유저는 여러 모로 번거롭구나.

"잠깐?!"

옆에 잠자코 있던 장미가 손을 들며 일어섰다.

자연 후드가 흘러내리며 도자기 같은 우아한 미모가 드러났다. 일순 주변이 정화되는 느낌이다.

그리고 특유의 기이한 박력이 동반된 눈빛.

"…음."

바바야가 저도 모르게 한 걸음 물러났다.

저런, 그는 마녀의 덫에 걸려들었다.

여기서 잠깐.

미인에는 크게 두 종류가 있다.

만인의 연인, 나만의 연인.

이 둘 다 '남자의 착각과 망상'에서 출발하는 것은 같다.

만인의 연인. 배우나 가수 등 연예계 종사자로서 묘하게 성공하는 케이스다. 당연히 만인의 연인을 놓고 분쟁이나 다툼은 의미가 없다.

막말로 소비재다.

문제는 나만의 연인. 괜히 범접하기 어려운 아우라를 풍기는 미인으로, 매료당한 남자들이 그녀를 놓고 싸우게 될 때마다 그 아름다움과 가치가 더해가는 타입이다.

막말로 남자들의 피와 눈물로 아름다움을 유지하는 마녀다.

단연코 장미는 후자다.

버츄얼 엔터테인먼트의 최고 미인 얼음여왕이 아무리 차갑고 고고해도 만인의 여인이다.

하나 장미의 손짓, 눈짓 한 번에 목숨을 거는 유저들은 매서커가 되는 과정에서 수없이 지켜보았다.

이런 것은 인간 사회의 포식자로서 타고나는 것이다.

음, 참고로 장미는 팬텀의 가면을 유지하는 쪽을 권했다.

가면을 쓰고 있는 쪽이 상품성, 즉 만인의 연인에 가깝다는 것이다.

글쎄… 전문가가 그렇다는데 믿어야지.

장미의 붉은 입술이 열렸다.

"저는 동신님의 매니저입니다. 동신 팬텀님은 지금 중요한 행사를 진행 중에 있어요. 그래요, 여러분들이 여기에 모인 이유와 같아요."

오―!

"그러니 겨룸은 잠시 미루는 게 좋지 않을까요?"

"으음……."

말을 하며 장미의 눈은 집요하게 바바야를 주시했다.

바바야의 목소리가 필요 이상으로 커졌다,

"아니, 다음으로 미룬 결투자 중에 결투에 응하는 녀석 못 봤어. 결투의 생명은 즉시성!"

"어머, 동신 팬텀님을 그런 허접한 유저들과 동급에 놓으면 안 되죠? 팬텀님은 저희 VE(버츄얼 엔터테인먼트)의 기대주세요."

우워어―!!

유저들 사이에서 부러움의 기성이 흘렀다.

장미가 그런 유저들에게 시선을 돌렸다가 화사하게 웃으며 말을 이었다.

"중중한 주그주그의 처단 동영상을 10분 후에 여러분들에게 특별히 선보이겠어요. 팬텀님께 많은 성원 부탁드려요, 여러분."

우워어―!!

그렇게 장미는 식당에 자리한 유저들의 호의를 단박에 자신에게 돌렸다.

났다, 났어!

"저도 약속 드리죠, 바바야님과의 결투를 팬 방문 지도 코너에 넣어 유저들에게 노출시키겠어요. 그러니… 오늘은 제발 양보해 주세요."

바바야는 거미줄에 걸린 나방처럼 진땀을 흘렸다.

이런이런. 쏠로 연대, 쏠로 연대장이구나.

"그, 그게……."

바바야는 말을 더듬거리기 시작했다.

이어 몸을 부들부들 떨었다. 뭔가 심상치가 않다.

이거 심상치가 않아.

나는 그제야 장미가 주박을 발하고 있음을 깨달았다.

그 주박엔 장미에게 호응하는 유저들의 에너지도 포함되어 더욱 강력하다.

장미는 자신의 캐릭의 성장을 위해 유저들과 바바야를 이용하고 있음이라.

바바야가 장미에게 설득되면 장미는 순식간에 바바야를 능가하는 캐릭으로 성장할지 모른다. 바바야에겐 어떤 페널티가 주어질진 아무도 모른다.

안 돼?! 중지─!! 나의 기세에 밀렸을 뿐이지 바바야가 그리 호락한 유저가 아니다.

장미는 성숙치 못한 캐릭 능력으로 어설프게 건들이고 있음이다.

아니나 다를까.

바바야는 눈에 핏발을 세워 우렁차게 외쳤다,

"겨룸은 미룰 수 없는 신성한 나의 의무—! 강자를 상대로 108번의 결투를 완수하는 것이 내가 선택한 도달자의 삶!! 절대 양보할 수 없다!"

바바야의 외침이 고조됨에 따라 몸 전체가 보랏빛으로 물들었다.

정직하고 좋은 아우라다.

…….

바바야가 E&T 상에 부여받은 클래스 성향과 특색이리라.

장미의 주박을 떨쳐내기 위해 그 나름의 발악으로 선택한 것이었다.

기어이 눈까지 보랏빛으로 가득 찼다.

광기에 몸을 내맡기려 함인가?

…목표는?

내가 아니다. …위험하다!

"방해자는 치운다—!"

광기의 외침이 사납게 터져 나왔다.

가슴에 붙인 무식한 햄머를 장미를 향해 내려찍었다.

흉폭한 보라색 그림자가 장미의 얼굴을 덮쳐왔고, 경악으로 커다랗게 떠진 장미의 눈.

나는 바바야의 눈을 확인하는 순간, 피의 권능을 발동하고 있었다.

공간을 흐르는 시간을 장악ㅡ!

30초를 0.0001초로 압축, 망토 안 타르타로스의 검을 소환, 햄머의 모서리 점을 향해 뻗었다.

검끝과 햄머의 접촉!

티끌 같은 붉은 광점이 햄머의 돌출된 모서리 점을 중심으로 팽창했다.

식당 내 공간은 붉은 노을 색에 잠겼다.

즈아아아아아아앙ㅡ!

황홀한 일몰이 이 공간에만 도래한 것 같았다.

유저들의 눈은 꿈꾸듯 노을 빛에 잠겼다.

그리고 신기루같이 노을은 사라져 버렸다.

바바야는 햄머를 내쳐치는 자세 그대로 굳어 있다.

장미의 이마 끝에 햄머 모서리가 아슬아슬하게 멈춘 채다.

바바야를 지배하던 보라색 기운은 씻은 듯이 사라진 상태다.

바바야의 눈도 제 색을 찾았고 몸을 부르르 떨며 진저리를 쳤다.

나는 그제야 장미를 나에게 당겼다.

바바야의 햄머는 허공을 갈랐다.

"허억—"

그리고 그 힘을 회수하지 못하고 그는 그 자리에 주저앉아 버렸다.

주박에 대항해 스스로 건 주박이 깨진 여파였다. 그는 물리적으로도, 정신적으로도 깨진 것이다.

장미는 내 품에서 방금 전 일을 떠올리며 그제야 진저리를 쳤다.

그러나 꿈을 꾸는 듯한 눈엔 나에 대한 믿음과 확신이 가득 차 있다.

나는 장미에게만 들리는 소리로 낮게 추궁했다.

"왜? 익숙지 않은 캐릭으로 바바야님에게 정신 제압을 걸었습니까?"

"…칫."

그렇다. 바바야가 아무리 솔로 연대 연대장이나 결투 중독자라고 해도 사람이 그렇게 갑작스럽게 난폭해질 수는 없다.

이는 장미가 강한 정신 제압을 바바야에게 걸었고 바바야는 이를 이겨내려고 대응한 것이었다.

아이템의 위력을 과신한 장미가 어설펐고 바바야가 호락한 유저가 아니라는 것.

당연히 정신 제압을 건 당사자인 장미에게 바바야의 햄머가 향한 것이었으니 피도 눈물도 없는 야만인이라서가 아니다. 다 본능에 따른 것이다.

"그저 좋은 그림을 만들려 했어요. 뭐, 위험했지만 보람은 있었던 것 같네요. 약간 아쉽지만, 뭐."

"……."

어이없다. 그 잘난 코가 함몰될 뻔 했잖은가?

장미는 그렇게 순순히 인정하며 기댄 몸을 밀어냈다.

향긋한 향기와 부드러운 체온이 주는 달콤한 느낌이 사라졌다.

장미는 몸을 틀어 저 멀리 떨어진 스탭에게 눈으로 묻고 있다. 그림 잘 나왔는지?

스탭은 손가락으로 O를 만들며 만족스러운 미소까지 보냈다.

"방금 그게 무슨 검법이죠? 굉장히 위력적이고 아름답던데?"

"……."

바로 딴청이다.

정말 구제불능 제멋대로 악녀가 아닐 수 없다.

아니, 제대로 된 악녀이려나?

이런 걸 천성이라는가 보다.

눈앞에 충격으로 헐떡이는 바바야가 보이지도 않는단 말인지.

가상 인류일수록 충격이 클 것이다.

"이 캐릭 말고 다른 밀리터리 캐릭으로 배울 수 있을까요?

가르쳐 주세요.”

“…….”

이건 강요다.

나는 마지 못하는 식으로 고개를 끄덕였다.

“장미님이 뜨개질이나 바느질에 소질이 있어야 될 겁니다.”

퉁명하게 대답했다.

“에?! 바느질? 뜨개질?”

고개를 끄덕였다.

물론 빈 말이다.

매서커의 사일(斜日)검법을 배운 팬텀이 낙일(落日)검법으로 발전시킨 것이니 유저를 상대로 확실히 효과를 발휘할 것이다.

이 악녀에게 어울리지는 않을 것 같다.

바바야가 그제야 햄머를 지팡이 삼아 몸을 일으켰다.

“끄응— 골이 다 흔들리는군. 놀라운 검법, 좋은 경험이었습니다.”

순순히 자신의 패배를 인정했다. 게다가 어투는 공손하다.

“첫 패배로군……. 그것도 참패. 거기다 꼴사납게 미인에게 햄머질이라니. 덕분에 클래스 특성 다 날아가는군. 크으…….”

히든 클래스의 특성이 깨졌으니 그의 도달자로서의 꿈은

사라지고 만 것이다.

악녀의 어설픈 장난 한 번에…….

바바야는 장미 탓을 하기보단 자신의 모자람을 곱씹었다.

이런 유저는 기회를 주어야 한다. 아니, 주고 싶다.

"원정이 끝나면 우리 정식으로 겨루어 봅시다."

"……!"

그는 놀란 눈으로 나를 바라보았다.

"…정말로? 이거 너무 고마운 배려인데?"

바바야는 머쓱한지 뒷머리를 긁적였다.

나는 바바야에게 결투 약속을 신청했다. 한데,

그랬다.

바바야의 기대에 찬 눈은 금세 낙담으로 물들었다.

"헤헤, 내가 능력 자체가 안 되니……."

어허, 포기하기는 이르지.

나는 피의 권능 중 하나, '피의 노래'로 그를 다시 초빙했다.

도달자의 길을 추구하는 용사여— 지금 잠시 길을 돌아가지 않으련가.

지금까지 그대가 치른 결투는 경솔한 이야기꾼의 귀에 맴돌고 있을 뿐이니… 그대의 검은 이를 억울해하고 있다.

"아—!"

바바야가 안타까운 탄성을 터뜨렸다.

그대, 지친 몸은 대지로 단련하고, 사납고 거친 기상은 푸른 하늘로 달래지 않으련가?

마음은 도달자의 길을 쫓아 이미 그 끝에 기다리고 있으니 아쉬움을 거둘지라.

그대, 도달자여—

그대, 이미 도달하였다.

바바야는 고개를 숙이고 눈을 감곤 피의 노래를 음미했다.

피의 노래를 따라 핏빛 아우라가 바바야의 어깨를 감싸안았다.

전사 바바야가 도달자의 삶을 다시 시작하였습니다.

"아—"

바바야의 입에서 정반대의 기쁨의 탄성이 길게 울려 퍼졌다.

"칫."

장미는 나의 이 모습이 여간 못마땅한가 보다.

그런 능력이 있으면서 왜 자신에겐 부여하지 않았냐는 추궁도 포함되어 있다. 당연히 무시.

승자가 아쉬움이 남는다는데 어쩔 것인가.

바바야는 어깨를 들썩이며 울음이 터지는 것을 자제했다.

눈가가 붉게 충혈되어 나를 바라보았다.

"…팬텀님, 감사합니다. 덕분에 날아갔던 특성이 전부 돌아왔습니다."

나는 미소를 지으며 고개를 끄덕였다.

> **마음속 깊은 승복!**
> 당신을 진정으로 흠모하는 동료가 생겼습니다.
> 피의 노래가 도달자의 노래로 승격되었습니다.
> 당신이 바로 궁극의 도달자입니다.

쑥스럽게. 장미가 원하는 결과를 보여주기 싫을 뿐이다.

바바야가 손을 들어 자신의 손에 맺힌 보랏빛과 핏빛 아우라를 취한 듯한 눈으로 바라보았다.

이어 나를 바라보며 선언했다.

"당신은 내가 인정하는 유일한 도달자! 나 바바야는 도달자의 끝이 다하는 날까지 당신의 친구가 되렵니다. 꼭, 바미안 패탑 아래에서 기다리겠습니다. 그럼."

바바야는 넙죽 고개를 숙인 다음 식당에서 휘적휘적 나가 버렸다.

아앗! 그냥 가면 안 되지!!!

바퀴벌레 튀김 레시피를 알려주고 가야지―!

…늦었다.

뒷모습이 왠지 홀가분하고 가벼웠다.

무기, 햄머 없이 나가 서리라.

파스스슷―

바바야가 나가자 햄머의 헤드 부위가 깨져 버렸다. 부서진 육중한 햄머 헤드는 곧 모래처럼 흩어졌다.

도달자의 위력에 무기가 부서져 버린 것이었다.

그제야 지금까지 어리둥절한 눈으로 지켜보던 유저들의 눈이 경악으로 커졌다.

어떻게 검을 뽑았는지 보이지 않고, 무기까지 철저히 가루로 부순다.

검법의 숨은 위력에 다들 침을 크게 삼킬 수밖에.

반면 장미의 눈은 묘하게 들떴다.

본 적 없는 눈빛이다.

“…당신은 너무 선량해……. 나에게 너무 어울려.”
그 눈빛에 작은 열기가 생겼다가 사라졌다.

…앙녀는 사양이라능.

Act 06
축복사 유브

機甲戰記
Massacre
기갑전기 매서커

문이 열렸다.

붉은 눈물을 떨어뜨리는 백색 도자기 마스크에 붉은 장막이 연상되는 검은 망토를 두른 팬텀 분장을 한 내가 등장하자,

팬텀— 팬텀— 팬텀—

팬텀— 팬텀— 팬텀—!

연출된 환호지만 기분이 그리 나쁘진 않군.

대형 작업장에서 동원된 유저들이 무려 8백 명이나 되었다.

그리고 호기심을 주체 못하는, 협력 가능한 갤러리가 5백

명이다.

일명 팬텀 팬클럽 회원들이란다.

가상 박람회장에서 나의 연기에 빠진 이들이 대다수에 조금 전의 막간 활극으로 나에 대한 의심을 지운 유저들이었다.

원래 참가를 포기했던 유저들까지 대거 가세해 나를 연호하고 있다.

여하튼 외국인 공대까지 장내는 인산인해!

저 멀리 문제의 백색 기둥이 요요롭게 자태를 자랑하고 있다.

장사를 톡톡히 했는데 이제 막을 내릴 때가 된 것이다.

그렇다. 내가 나를 잡으러 온 마당이니, 부조리의 극치를 끊을 때가 된 것이다.

뭐, 이제부터 본격적인 부조리극의 시작이라고 말해도 좋다.

오르골 골렘의 언약의 사슬을 끊어야 이 모든 사단이 끝날 터.

나의 계획은 심플하다.

동원 가능한 모든 수단을 강구할 생각으로 이 자리에 왔다.

타르타로스의 검, 채찍, 망토, 방패…….

죽고 싶어도 죽을 수 없다.

모두 망토의 장막 안에 가려져 있지만 오늘의 이벤트를 위해 헌신할 것이다.

그렇게 내 나름의 시나리오를 점검하고 있는데.

"이사님, 준비를 마쳤습니다. 이번에 불러 주셔서 영광입니다."

바로 여우대가리였다.

장미를 바라보는 눈이 끈적끈적 불쾌하다.

너 잘 만났다. 이 놈의 자식을 확?!

릴랙스, 릴랙스.

벼룩 잡자고 우아한 자태를 망가뜨릴 필요는 없지.

장미는 여우대가리의 시선을 간단히 고개를 끄덕이는 것으로 대신 답했다.

여우대가리는 그럼에도 호랑이 앞의 여우 마냥 의기양양해했다.

"오— 장미님. 여전히 고운 자태에 눈이 부실 지경입니다."

얼씨구, 달마까지 나타났다.

"불러주시지 않았지만 강호도의의 수호자로 적극 협조토록 하겠습니다."

"…감사해요."

달마에 대해서는 장미가 마지 못하는 투로 인사를 했다.

이후 둘 다 장미 주위를 맴도는 것이 가관이었다.

게다가 둘의 사이가 틀어졌는지 한쪽은 눈을 부라리고 다른 한쪽은 외면하는 게 과히 보기가 편치 않다.

마찬가지로 익히 아는 공장들 역시 달마 맹주와 여우대가리를 지지하는 두 패로 나뉘어 신경전을 벌였다.

쯧쯧.

안 봐도 3D다.

문제의 발단은 가브가브의 왕관 때문이리라.

같이 메이지 지오를 도모했지만 소유는 여우대가리가 했다.

이후 여우대가리가 엘리베이터 운행을 독점하면서 공장들의 세가 여우대가리 쪽으로 몰리고 말았다.

게다가 대형 작업장을 견제하겠다는 명분도 사라졌다.

이전투구가 벌어졌음이라.

바로 소인배의 전형적인 이합집산이 아니고 무엇이랴.

한데 이제야 나를 발견했는지 둘은 고개를 갸웃하며 나를 연신 정탐하기 여념없다.

장미의 하얀 손이 내 망토와 가면 등 의상들을 정성스럽게 점검하기 시작하자 여우대가리의 눈에 불이 났다.

은근히도 아니고 노골적으로 관심이 깊은 손길이었다.

장미도 여우대가리의 노골적인 시선이 불쾌했는지 쓸데없이 나에게 친밀하게 구는 게 아닌가 싶다.

여우대가리가 연신 머리를 숙이는 자세로 다가와 말했다.

"…이 분이 바로 버츄얼 엔터테인먼트가 발굴한 하이퍼 유저 팬텀님이시군요. 팬텀님 반갑습니다. 장미님의 오랜 협력 업체인 가상 개발 대표 김영호입니다.”

그렇게 대표란 단어에 힘을 주어 당당히 손을 내밀어 악수를 청해왔다.

“……”

고개도 돌리지 않고 개무시했다.

“험험, 제 자랑하기 뭐하지만 바로 이 아이템이 있기에 팬텀님이 번거로운 절차없이 올 수 있었습니다.”

여우대가리는 자신의 팔에 찬 가브가브의 왕관을 들어 자랑했다.

팔찌로 변한 가브가브의 왕관이 부르르 떨었다.

캐릭이 다르지만 내 특유의 파장을 알아챈 것일까? 이는 알 수 없다.

여하튼 피가 거꾸로 쏟았다. …참을 수 없다.

게다가 내가 언제 제 도움을 받았나? 중중한 주그주그가 내 손가락에 끼어져 있다.

손가락에 긴 파란색 반지를 들어 보이며,

“꺼져.”

…….

주변에 싸한 정적이 길게 흘렀다.

여우대가리의 얼굴이 벌겋게 변했고, 장미를 비롯한 주변 공장들의 얼굴까지 경직되었다.

이어 장미의 얼굴엔 왜? 라는 의문이 가득했다.

거친 말은 로맨틱한 부르주아 신사 팬텀의 이미지를 깨어 버려서가 아니다. 조금 전 바바야를 대할 때와 천양지차이기에.

아무튼 나를 위한 여러 기획 중 커피 광고는 물 건너갔다.

뭐, 어쩌겠어.

당장 여우대가리 목에 이빨을 박아 넣지 않은 것만으로 다행으로 여기시라.

그때였다.

"허허, 과연 팬텀님에게서는 영웅의 기상이 넘치는구려. 감히 로드 슬레이어 앞에서 그따위 잡템을 자랑하다니… 쯧쯧."

달마 맹주가 여우대가리가 면박 당하자 묵은 체증이 내려간 얼굴로 다가왔다.

그러면서 내게 크고 두터운 손을 내밀었다.

"흐르는 섬에서 우리 맹원들이 팬텀님에게 크게 신세졌습니다. 이제 보니 그렇게 당한 게 이해가 되는군. 나, 소림 산업 대표 금강송이요. 우리 트고 지냅시다."

……

호감 가는 사나이다운 호탕함이 있었다.

하나 역겹기는 매한가지.

"꺼져."

……

주변 공기가 순간 얼어붙었다.

"억!"

단말마의 기음이 달마의 입에서 흘러나왔다.

안 그래도 튀어나온 눈이 더 크게 튀어나왔다. 눈에 핏줄이 섰다.

싸한 정적 속에서 이를 지켜보는 공장들의 얼굴엔 당황함이 역력했다.

당연히 추종자들을 중심으로 험악한 공기가 팽팽하게 뿜어져 나왔다.

이 사태를 이해시킬 말은 물론 있지.

"동화율 떨어진다. 수컷은 가라—"

*　　　*　　　*

"동화율 떨어진다. 수컷은 가라—"

끓어 넘치는 오만 덩어리 그 자체.

…….

어때? 이해되지?

이어 나는 떨어진 동화율을 끌어올리기 위해 필요한 행동처럼 장미의 손을 잡았다.

부드럽고 따뜻한 온기가 기분 좋게 전달되었다.

나의 뜬금없는 행동에 얼굴이 붉어진 장미의 눈에 의문이
맺혔다.

"…동화율 회복……."

당연히 뻔뻔한 연기.

어라?! 그런데 정말 동화율이 보정되잖아. 신기한 일일세.

맞잡은 손을 통해 뭔가 이상함을 깨달았는지 장미가 목젖
이 보이도록 머리를 젖히고 웃음을 터뜨렸다.

이어 장난스럽게 내 어깨를 때렸다.

헤, 역시 눈치챘구나.

여하튼 장내의 뜨악하고 당황한 모습 역시 거짓말처럼 지
워졌다.

똘기 충만해 보이는 하이퍼 유저께서 동화율 유지를 위해
남자는 상대하지 않겠다는데 뭐라 할 것인가.

주변인들이 그제야 역시 하는 이해된다는 얼굴로 고개를
끄덕이기 시작했다.

공개적인 장소인 가상 박람회에서 여봐란 듯 로드를 처단
한 팬텀이 아니던가. 당시 꽃다운 미인들과 연기했음을 다들
기억하고 있다.

이후 아름다운 귀부인의 가는 목을 탐하고 있는 팬텀의 포
스트와 일러스트가 무수히 뿌려진 상태다.

유저 대다수는 E&T의 황당한 히든 클래스 시스템에 치를
떨면서도 자신에게 그런 기괴한 능력이 주어지기를 고대하며

E&T 세계를 주유하고 있다.

그렇게 팬텀의 괴팍함을 저주하기 전 E&T 시스템을 저주해야 할 것이다.

뺑찐 얼굴로 서 있는 달마에게 공장 중 한 명이 달래는 투로 말했다.

"맹주님, 팬텀님이 동화율을 유지할 수 있도록 물러나시죠."

"…끙. 내 실수했소이다. 어쩐지……. 그럼."

달마는 소매를 털며 빠르게 돌아섰지만 굵은 귀밑까지 빨갛게 익어 있었다.

한국 가상 사회에서 누가 감히 자신에게 '꺼져' 라는 말을 할 수 있으랴.

게다가 무시당했다고 발악할 수조차 없다.

대공연을 앞둔 가수께서 마인드 컨트롤을 하겠다는데 방해하면 누가 매너가 없는 것인지는 뻔하다.

가상 사회가 그런 곳이다.

내가 이처럼 유난을 떨어야 동화율이 유지된다는데 어쩔 것인가?

그렇게 난 미인이 옆에 있어야 동화율이 유지되는 괴짜 캐릭터로 인정받는 분위기로 흘렀다.

주변에서 약간 떨어져 뭐 마려운 개처럼 안절부절못하는

여우대가리와 멀리 떨어져 화로 얼굴색이 불쾌한 달마가 콧구멍에서 연신 코뿔소 콧김을 씩씩 뿜어내고 있다.

두 사람 다 의심의 눈빛을 거두지 않고 있다.

그러든지 말든지.

나는 무심히 가면 속의 눈으로 주변을 살폈다.

무수한 유저들이 기어 골렘들의 작업 경계를 침범하지 않는 선에서 바글바글거렸다.

'팬텀의 도전'이 꽤 큰 이벤트로 기획된 결과이기도 했고, E&T가 구현한 특대형 몬스터가 오르골 골렘이기 때문이리라.

"저 덩치에 미려한 외장급이라니… 장관이죠?"

장미가 기대 가득한 눈빛을 빤짝이며 물어왔다.

"……."

암, 내가 한 미적 감각 하지.

"PART2로 넘어가기 위해 기획한 로드 몬스터 시리즈를 능가하는 보스 급 몬스터라고 평가되고 있어요."

"그 크기가 사기니……."

두 다리는 에펠탑을 거꾸로 세워 놓은 듯하지, 두툼한 몸체는 숭례문이 연상되는데다가 머리는 버스를 집어삼켜도 하등 이상할 게 없는 규모에, 수많은 기어가 맞물려 돌아가는 가운데 강철거인과 유사한 세련된 외장갑으로 보호되어 있기까지 하다.

부서진 장갑과 기어는 문제의 금속수를 받아들여 복원도 순식간이다.

더불어 무지개 빛 장막이 발현되면 어지간한 마력 방어진을 능가하는 효용을 자랑했다.

E&T는 오르골 골렘의 거대한 크기에 대해 명확한 해답을 내놓지 못했다.

유저들이 사기라든지 오류라는지 하는 지적에 자신들이 디자인한 인공지능엔 문제가 없다는 답만 반복해서 내놓고 있는 형편이다.

하나 오르골 골렘을 처단하면 그 성과가 로또 급일 것이라는 소문만 확대되어 퍼져나갔다.

무수한 공대가 도전했지만 '발가락만 보았다' 라는 후기를 남기고 물러났다.

그 덕에 오르골 골렘이 축적한 포인트가 장난이 아니다.

"눈에 보이는 외형도 외형이지만… 단연 압권은 공대를 물리친 다음 맑은 금속음을 연주해 자신이 전멸시킨 공대를 위로한다는 거예요."

"위로?"

내가 한 온정 하지.

뭐 본질이야, 나름 마음 여린 바보바보가 산화한 유저들의 영혼을 위로하기 위해 노래를 부르는 것이고, 나는 그저 기어를 돌려 장단(?)을 맞추어주는 것이다.

거대한 덩치에서 고요한 빛의 소리가 흘러나오니 장졸 간에 오르골 골렘이 된 사연이다.

그래서인지 오르골 골렘에 대한 유저들의 평이 극과 극이다.

"그래요, 위로! 그 때문인지 오르골 골렘을 토벌하는 것을 반대하는 서명 운동이 벌어지고 있어요. 낭만적인 인공지능을 보호해야 된다는 거죠."

"……."

내가 한 낭만 하지.

장미의 오르골 골렘을 향한 눈빛은 기이한 열망으로 뜨겁게 타오르고 있었다.

오르골 골렘의 잔해만으로도 나로 인해 입은 손해를 만회하고도 남을 것이라고 추정하고 있다.

손익 계산에 대한 무서운 집착이 읽혔다.

원수의 원수인 장미와 어떻게 이렇게 엮이다니……. 그녀와 나는 정말 묘한 인연임에는 틀림없다.

그녀 덕에 강철거인을 손에 넣을 수 있었고 본격적인 E&T에서의 영광이 시작되었기에.

여하튼 공대들과의 전투를 거듭하며 나름 오르골 골렘의 숨은 능력에 대해서 알 수 있었다.

솔직히 매일매일 말을 못해 마음은 메말라 갔지만 쌓이는 포인트에 홀릭한 상태다.

내 마음이 메말라 사막이 되지 않은 것은 바보바보가 터무니없는 수다쟁이기 때문이다.

그렇게 나의 공허를 바보바보가 달래주고 있는 상태다.

하나 무식한 금속거인 상태로 있는 것도 하루이틀이지.

언약의 사슬을 끊기엔 여전히 포인트가 부족하다는 것이 문제였다.

오늘은 사정이 다르다.

이런 표현은 속되지만 개떼는 이를 두고 하는 말이리라.

어중이떠중이 성전기사단까지 등장해 머릿수를 불리고 있다.

이들은 오르골 골렘을 처단해 바미안으로 가는 길을 열기 위해서리라.

이곳에 있는 유저 가운데 내가 봐줄 만한 유저는 없다.

냉정히 다 쓸어버리면 된다.

…장미도 예외가 아니다. 정말!

하나 결정적인 문제는 또 하나의 내가 나를 토벌하기 위해 이곳에 있다는 것.

그럴듯한 연극으로 이 부조리극을 마쳐야 함이다.

당신의 오른손과 왼손이 싸운다면 당신은 과연 누구 손을 들어줄 것인가?

그리고 팬텀은 장미라는 현실의 스폰서를 두고 있고 오르골 골렘은 유일한 말동무인 우우(바보바보)를 보호하고 있다.

고민에 될 수밖에 없는 나다.

벌써부터 머리에서 지끈지끈 열이 났다.

…자폭해 버려?

잠시 고민하는 나에게 장미가 맞잡은 손을 통해 신호를 보내왔다.

아차차, 미인을 옆에 두고 감히 고민이라니.

"팬텀님, 소개할 분이 있어요."

"?"

남자가 아니면 돼.

"오르골 골렘의 방어막을 해체하기 위해 특별히 초빙했어요. E&T 정신 계열 마법 분야에 조예가 남다른 분이세요."

장미 옆에 백색 메이지 로브 차림의 미인이 있었다.

우웃― 눈이 부시다.

"축복사 유브라 합니다."

"!"

나는 스스로를 유브라고 소개한 아름다운 여인을 찬찬히 담았다.

풍성한 윤기 나는 검은 머리칼에 눈이 약간 반달을 그리는 식으로 쳐져 호감이 절로 일게 만드는 얼굴의 소유자였다.

머리 뒤로 천사 같은 빛의 고리가 자리 잡고 있다.

빛의 고리는 은은한 흑회색……. 왠지 불길하게 느껴졌다.

하나 당장 장미의 손을 놓고 그녀의 손등에 부르주아 신사로서 키스를 퍼붓고 싶은 마음이 절로 일었다.

그러나 눈앞에 미소 짓고 있는 여인의 생각 많은 눈빛을 나는 익히 알고 있다. 눈은 맑았지만 지극히 기계같이 탐색적인.

등골을 타고 차가운 기운이 타고 올라왔다.

누구기에?

그렇다. 겉모습이 확 달라졌지만 그녀는 분명 '저주사 큐브'였다.

나를 오르골 골렘이 되도록 일조한… 일등 공신!

한데 달라진 모습에 감히 축복사라니?

장미가 발로 가볍게 땅을 굴렸다.

"팬텀님, 제 손을 이렇게 잡고 있으면서 그렇게 다른 여성을 빤히 쳐다보는 건 실례 아닌가요?! 하여튼, 홍!"

장미가 픽 토라졌다.

나는 변명 대신 장미의 손을 꽉 쥐었다.

"팬텀입니다, 유브님. 죄송합니다. 잠시 아는 사람이라 착각했습니다. 당연히 유브님 같은 미인이 아닌데 말이죠."

"호호, 왠지 두 분이 질투 날 정도로 잘 어울리네요."

큐브인지 유부인지 자신의 미모에 대한 감탄으로 여기는 투다. 내 말보단 고용주인 장미의 비위를 맞추는 것이 노련하다.

여하튼 도자기 가면은 나의 기질을 충분히 가려주는 아이템임이 분명했다. 게다가 강단있는 여기사 차림의 장미가 옆에 있으니 메이지 지오를 연상시킬 단서를 찾을 수 없으리라.

햐— 이거 오늘 묘하게 꼬이네.

도대체 그 '평범이 큐브'가 이렇게 '막나가는 미인'으로 돌변할 수 있단 말인지……. 목소리마저 천사의 것이다.

내가 아는 큐브는 그 어떤 신체 보정 아이템도 착용하지 않았다. 마찬가지로 눈앞의 유브 역시 신체 보정 아이템을 착용한 흔적이 없다.

상반된 두 캐릭의 변하지 않은 공통점을 들라면 바로 이 수수함이리라.

체형은 같다.

큐브의 짧은 단발은 풍성하게 자라 있다.

큐브가 유브가 되기 위해, 저주사가 축복사가 되기 위해 모종의 사건이 있었음이다.

손을 통해 내 심장 박동이 심상치 않음을 느꼈음인가.

장미가 사무적인 어투로 끼어들었다.

"흠흠, 유브님은 문제의 오르골 골렘의 장막을 걷어내기 위해 특별히 초빙했어요. 오르골 골렘이 발현하는 에너지 장막은 굉장한 정신 에너지의 발현이라는 게 지금까지 겪은 공대들의 공통된 의견이거든요."

일명, 바보바보 가호(버퍼)!

우우가 나를 보호하기 위해 히든 클래스로서 '기적사' 의 가피력을 발휘하면 그 어떤 마법 에너지도 오르골 골렘을 상하게 하지 못하고 중화되어 사그라졌다.

그 능력 역시 유저들의 영혼을 노래로 달래며 나날이 발전하고 있다.

들어는 보았나?

'중량사' 메이지 주제에 사제 클래스와 유사한 신성력을 발하는 '기적사' 라고?

오르골의 자랑, 기적의 우우!

거대 금속 덩어리에 쩔어(?)주시는 가호(버퍼)를 거는 존재가 바로 오르골 골렘의 머릿속에 자리 잡은 노래하는 바보바보 되시겠다.

아무리 E&T에서 조사해도 불가해한 현상으로 보고할 수밖에 없었던 무지개 빛 에너지막의 정체다.

참고로 우우의 머리 뒤엔 천사 같은 무지개 빛 고리가 드리워져 있다. 우우의 눈빛은 큐브처럼 투명했지만 순종적으로 모든 것을 내맡기는 듯한 나른함이 있다.

그 눈빛을 거부 못해… 내가 미친다.

그러고 보니 우우나 큐브나 천사 같이 빛의 고리를 가지고 있군.

장미의 기대 찬 목소리가 상념을 깼다.

"유브님이라면 충분히 그 장막에 균열을 만들어낼 거예
요."

"기대하겠습니다, 유브님."

나는 냉정을 가장한 채 사무적으로 대답했다.

원수들이 한자리에 모인 셈인가?

큐브가 걱정스러운 어투로 장미에게 말했다.

"그런데 크기부터가 너무 다른데 팬텀님만으로 가능하겠
어요?"

유브의 눈은 나를 향하고 있다.

"예, 팬텀님은 당당한 로드 슬레이어! 오르골 골렘 안에 침
투시켜 볼 생각입니다."

"아!"

"팬텀님이라면 그 안에 문제의 핵심을 찾아내실 거예요."

"…그렇군요."

그러려면 정체불명의 에너지막을 걷어내든지 뚫든지 해야
함이다.

이후 장미와 유브는 사이좋게 공대의 공격 루트와 침투로
에 대해 의견을 나누기 시작했다.

큐브는 간간히 특유의 탐색적인 눈으로 나를 관찰했다.

그래, 축복사의 피 맛은 무슨 맛일까?

왠지 커피 향이 날 것 같다.

후후, 기대가 되는군.

　나는 둘의 대화를 들으며 저 멀리 당당하게 서 있는 유백색
기둥으로 시선을 돌렸다.

　공대의 전략과 전술, 지금 잘 듣고 있지?

機甲戰記

Massacre

기갑전기 매서커

멀리 백색 기둥에 기대선 오르골 골렘의 백색 거체가 부담
스럽게 들어왔다.

그 안에 철없는 우우는 여전히 떠나지 않고 있다.

기적사 우우.

기어를 돌리는 메이지 지오의 유일한, 그리고 일방적인 말
동무.

머리 뒤로 천사 같은 빛의 고리가 선명하다.

룰루랄라, 본업은 잊고 나와의 소꿉놀이를 즐기는 듯했다.

지금도.

오르골 골렘 속 '바보바보' 가 신이 났다.

"우우, 지오님 이번 공대는 규모가 엄청 커요. 우와~ 아이 참 귀찮게 아이템이 산처럼 쌓일 텐데 큰곰이들을 불러서 청소시키는 것도 한두 번이지."

말은 그렇게 하면서 신나하고 있다.

어이, 바보바보. …말을 말자.

말 못하는 나를 도와 공대를 격멸하는 걸 즐기고 있음이라.

공대가 격멸된 다음 유저들의 영혼을 달래기 위해 노래를 부를 것이고 나는 거대한 오르골이 되어 반주를 넣어줄 테지…….

이는 우우를 위한다기보단 메마른 나를 달래는 행위이기도 했다.

"우우, 분위기가 심상치 않아요. 그 못된 놈들도 보이고……. 우와─ 멋진 망토의 남자다!"

…….

그게 나라고.

내가 나를 토벌하러 왔다고 이야기를 어떻게 전달한단 말인가.

그저 기어를 맞물려 음을 조합하는 것이 내가 할 수 있는 유일한 의사 전달 수단이니.

우우의 천진한 호들갑을 따라 오르골 골렘의 눈으로 나의 또 다른 분신인 팬텀이 있는 진영을 내려다보았다.

성전기사단이 나름 공대별로 도열한 것이 사열을 앞둔 병사들 같았다.

그럼에도 눈에 확 들어오는 망토를 휘날리는 팬텀의 오만무쌍한 자태.

…장관이 따로 없군.

내 눈으로 또 다른 나를 바라보며 감탄을 토해야 하다니… 거참.

"우우, 저기 중앙에 가면 쓴 망토의 남자— 왠지 인간일 때 지오님 같이 멋져 보여요. 아이, 이러면 안 되는데."

…….

바보 주제에 보는 눈은 있단 말이야.

"우우, 임자있는 내가 이러면 안 되는데……. 아잉, 몰라 몰라."

팔딱팔딱 뛰는 우우였다.

…….

기어 뿌리가 흔들리는 것 같다.

머릿속에서 뛰지 말랬지?!

그리고 임자? 누가 네 임자인데?

끓는다, 끓어—!

구박한 대가를 이렇게 되받아야 하다니.

캬오—!!!

$$* \qquad * \qquad *$$

꾸어어어어어어어어어어어어어어어―!

공대가 꾸역꾸역 모여들어도 꿈쩍도 안 하던 오르골 골렘이 갑자기 괴성을 토하자 유저들이 한 걸음 절로 물러났다.

물러나지 않은 유저가 있다면 팬텀… 바로 나였다.

그저 작게 한숨을 내쉬자 장미가 이상하다는 눈으로 올려보았다.

"팬텀님, 드디어 오르골이 움직이기 시작했어요. 이곳에 모인 유저들이 협조하기로 했어요. 그럼, 기대하겠어요."

그녀는 아름답게 빙긋 웃으며 마주잡은 손을 아쉬운 듯이 풀고 물러났다.

내가 내쉰 한숨은 전투가 시작되어 그녀와 잡은 손을 풀어야 하는 것을 아쉬워하는 모습으로 보였음이라.

그렇긴 하지.

내가 그녀의 주력 캐릭들을 차례로 망가뜨린 관계로 지금 장미가 분한 캐릭은 능력이 떨어지는 캐릭이라 전투에 도움이 되지 못했다.

그저 협력 업체 관리 감독 차 참여한 셈이다.

물러난 장미를 대신해 유브가 그 자리를 차지했다.

그녀는 물러나는 장미에게 맡겨 달라는 눈빛으로 목례를 보냈다.

"동화율이 걱정되신다면… 제 손이라도 빌려 드릴까요?"

"……."

됐거든?!

하나 투명한 피부 속으로 파란 실핏줄이 고스란히 들여다
보였다.

…잡기만 하면 동화율이 급등할 것 같은 느낌.

이크크, 나는 망토를 터는 것으로 거부 의사를 명확히 전달
했다.

이런 반응에 큐브가 피식하는 웃음을 지었다.

"왠지 전부터 알고 있다는 느낌이 들어서 그러는데 저를
아시나요?"

"……."

충분히.

대답이 없자 그녀는 남자같이 어깨를 으슥했다.

"아무리 전투를 앞둔 상태지만 너무 냉정하시다. 아무튼
곧 전투가 시작될 테니 제가 가진 능력에 대해 간단히 브리핑
해 드리겠어요."

귓등으로 들었다.

흥, 과연 그 능력으로 우우의 버퍼를 무효화시킬 수 있을
까?

그런데 설명이 진행될수록 놀라운 능력에 아연하고 말았
다.

우우의 능력을 능가하는 부분이 분명 있었기에.

아니, 우우가 자신에게 부여된 능력을 제대로 파악하지 못하고 있음이다.

이는 유브가 가상에서 수많은 전투를 겪은 베테랑 유저이기에 생긴 차이였다. 나로선 그 차이를 전달할 방법이 막혀 있다.

같은 빛의 고리를 가지고 있지만 우우는 어린아이고 큐브는 다 큰 성인과 다를 바 없다.

오르골 골렘의 방어막의 정체를 파악하고 있다는 것이었으니.

역시 자신만만한 미소가 그냥 그려지는 게 아니었다.

결정적인 한 대목!

빛의 고리가 가진 권능을 들을 수 있었다.

그녀는 그 권능을 익히 아는 오싹한 어두운 미소를 그리며 자랑하고 있다.

"제 축복은 유저뿐 아니라 아이템에도 부여할 수 있어요. 특히 동화율 보정이 제 축복의 유일무이성이죠. 그리고……."

    *   *   *

보라색 망토에 기사단 정복이 그림처럼 어울리는 아름답

게 생긴 청년이 다가왔다. 나보다 머리 하나 작은 키에 야리야리한 체형이지만 왠지 고귀해 보이는 분위기가 자연스럽게 배어 있다.

그래서인지 머리칼이 보랏빛 머금은 은발이다.

뭐냐? 이 질투 나게 잘난 새끈이는…….

아차, 이곳에 도착하자마자 인사를 나눈 사이였지.

그는 나에게 어색한 목례를 하곤 유브에게 빠르게 다가갔다.

멀리서 장미가 손짓으로 성전기사단을 가리키며 엄지를 치켜들어 그의 신분을 다시 한 번 확인시켜 주었다.

장미는 확실히 나와 다른 바쁜 인생이었다.

친위대 사이에서 뭔가를 의논하느라 바쁘다.

커다란 검을 매섭게 번득이며 친위대를 닦달하고 있다.

여하튼 그의 정체는 바로 공대에 참가한 성전기사단을 이끄는 추기경이었다.

성전기사단을 결성한 핵심 멤버 중 한 사람으로 생각보다 나와 비슷한 연배다.

성전 기사단의 발족은 사특한 생각이 개입되어서는 이렇게 많은 유저들의 지지를 받으며 성립될 수 없다.

바로 눈앞의 새끈이 같은 누구나 알고 믿음이 가는 헌신적인 유저가 있어야 가능하다.

유저들이 들끓으면서 황당하게 변질되어 버렸지만 조직의

핵심은 여전히 가상 사회의 존경과 양보를 이끌어내고 있다.

　이 젊은 추기경은 가상 사회에 널리 알려진 유저로 장미의 회사에서 스카웃을 염두에 두고 접근했지만, 무려 달 기지에 근무하는 과학자이기에 기회가 닿을 수 없어 포기한 상태다.

　게다가 한국의 유력한 첫 화성인 후보로 현실의 유명인이기도 했다.

　이 정보는 전부 장미에게서 나온 것이다.

　그에 대해서 이야기하며 가치를 놓고 은근히 저울질하는 것처럼 느껴져 기분 나빴었다.

　여하튼 이 바쁜 와중에 동화율 떨어지게 웬일로?

　"과연 축복사 유브님이시군요. 성전기사단에 커다란 힘이 생겼습니다."

　"저야말로, 추기경님이 성전기사단을 지휘해서 안심이 되는군요."

　"예, 제가 변변치 못해 무리한 일을 수습 못해 송구할 뿐입니다."

　"…원래 못난 사람들이 갑자기 힘에 취하면 쓸데없는 무리를 하잖아요. 이런, 오해하지 마시길."

　"오해라니요?! 성전기사단에 쏟아지는 우려를 불식시키기엔 너무 버거워진 게 사실입니다."

　"어서 빨리 바미안으로 가는 길을 개척하길 기원합니다."

　"오늘 같은 기회를 잡을 수 있어 다행이랄까요. 유브님의 축복을 간절히 바랄 뿐입니다. 하하."

척 보아도 새끈이 추기경이 큐브에게 잘 보이려 함이 노골적으로 느껴졌고 큐브는 상대가 기분 나쁘지 않은 선에서 성전기사단과 엮이지 않기를 바라는 게 보였다.

그렇게 두 사람의 대화는 평행선을 그렸다.

둘의 대화에 전혀 관심없는 내가 이상했나? 추기경이 나에게 말을 걸어왔다.

"팬텀님, 다시 한 번 생각해 주시겠습니까?"

"……."

그는 성전기사단으로의 초청을 만나자마자 나에게 날렸다, 당연하다는 듯.

장미 역시 기대하는 눈치였다.

성전기사단을 끌어들이면 대형 작업장 네다섯 곳을 동원하는 효과를 노려볼 수 있기에.

물론 성전기사단의 주요 서포터 중 하나가 장미의 버츄얼 엔터테인먼트다. 비용을 절감할 수 있는 여지가 늘어나길 바라는 것이었다.

하나 나의 대답은 간단했다, 지금처럼.

"성전기사단은 쓰레기다."

어떤가? 사교력 쩔지?

추기경은 어깨를 으쓱하며 스스로 그 지적을 인정하는 분위기를 연출했다.

이러면 싸움이 되지 않는다.

"팬텀님, 제가 초청하는 성전기사단은 전혀 다른 성전기사단입니다. 팬텀님 같은 하이퍼 유저들의 집합체입니다. E&T의 코어라 할 수 있는 분들입니다."

"……."

본 적 없는데.

"이번 원정에서 그 차별성을 보실 수 있을 것입니다. 오르골 골렘을 처치한 다음 팬텀님의 생각이 바뀔 것임을 확신합니다. 그때도 성전기사단을 쓰레기 취급하시면… 화낼 겁니다."

"후후, 기대되는군."

노골적으로 비웃어주었다.

나보다 잘난 놈은 전부 미워!

무엇보다도 오르골 골렘이 토벌한 공대에 성전기사단 출신자가 얼마나 많았었나?

…그냥 녹아 내렸다.

믿는 구석이 있음인가.

추기경은 자신만만한 태도를 유지한 채 등을 돌렸다.

"성전이 무엇인지 보여드리죠."

*　　　*　　　*

"서어어엉— 저언—!"

보라색 기사 정복이 그림처럼 어울리는 추기경의 외침이 있었다.

이에 두터운 적층 갑옷으로 통일한 성전기사단이 창검을 가슴에 붙였다.

척—!

"추우우울— 겨억!!"

쿵쿵쿵— 성전기사단이 일제히 발을 굴리며 행진을 시작했다.

"유저의 가호가 함께 하리—!!!"

이어 군악대가 뒤따르며 북을 치고 나팔을 울려댔다.

둥둥둥— 뿌우우우—!

소리는 심장 박동에 동조해 점점이 고조되어 갔다.

군악대의 연주가 고조될수록 성전기사단의 갑옷에서 빛의 파장이 맺히기 시작했다.

이어지는 빛의 확장, 확장을 넘어서는 팽창이 있었다.

더불어 가슴에 붙인 무기에서 형형색색의 오러가 맺혔다.

오러가 굳세다.

이대로 천군이 되려 함인가.

동화율을 보정하고 단체로 동화율을 끌어올리고 있음이다.

성전기사단… 나의 적이면서 나의 동료이기도 한 유저들

의 집단.

PART2 선행 지역인 바미안으로 가는 길의 개척을 위해 움직이고 있지만 숨은 목적은 바미안 영주의 축출과 바미안 토벌이라는 게 공공연한 사실이다.

그들은 달마 등 공장들로부터 퀘스트를 공유받아 지금처럼 대규모 인원을 투입할 수 있었다.

이때까지 보아온 어중이떠중이 민폐 투성이 성전기사단이 아닌 추기경이 이끄는 엘리트 군단이었다.

이는 무기에 맺힌 오러가 증명하고 있다.

그렇게 펼쳐진 장관에 옆에 자리한 축복사 유브가 중얼거렸다.

"호오— 단체로 동화율 33%를 맞추다니……. 성전기사단 가운데에서 알짜라더니, 과연."

가지런한 입술이 흥분으로 떨리고 있었다.

이번 전투를 통해 그녀는 또 한 번의 도약을 기대하고 있음인가.

왠지 그런 고양감에 찬물을 끼얹어주고 싶다.

나는 흘러가는 투로 말했다.

"빛의 날개를 달 수 있기를 바랍니다."

"앗! …그걸 어떻게?"

유브가 나를 뜨악한 얼굴로 올려보았다.

저주사에서 축복사로, 그녀의 축복을 받은 군대가 승리한

다면 빛의 고리에 이어 빛의 날개를 달 수 있으리라.

빛의 고리를 가진 또 한 명의 유저가 있다. 바로 기적사 우우. 그녀의 수다를 통해 유추했을 뿐이다.

우우는 빛의 날개를 달아 오르골 골렘에서 자유롭게 오르락내리락 하고 싶어했다. 얼마나 소박한가.

"당연히 빛의 고리 다음은 빛의 날개로 알고 있습니다. 흔하잖아요."

"흐, 흔하다니요? 저, 절대 그렇지 않아요."

당황함이 역력했다.

왜 아니 그렇겠는가, 클래스의 지향점을 알고 있다 함은 특성을 꿰고 있다는 말과 같다.

히든 클래스의 특성을 파악하고 있는 유저가 옆에 있다면 불편할 수밖에.

히든 클래스 유저라면 자신에게 부여된 유니크함의 박탈을 제일 꺼린다. 더 이상 히든 클래스가 아니게 되기에.

"그런가요? 제 동네에서는 흔합니다."

"……"

그녀가 고민에 빠지고 있었다.

후후, 신경 좀 긁어주었다.

오랜 시간 고생고생해서 얻은 능력이 그저 그런 능력일 수 있다면.

그녀의 결론은 빨랐다.

“거짓말—”

“예, 거짓말입니다.”

“에?!”

“왠지 오만한 옆모습이 보기 싫다고나 할까요.”

“…에, 어떻게 그런 무례를.”

뭐 이런 놈이 있냐는 뻥찐 얼굴이 되었다.

자랑스러운 빛의 고리가 희미하게 옅어졌다가 찐해지기를 반복했다.

눈과 눈이 마주쳤다.

내 눈에 담긴 경멸을 읽었길 바란다.

“저에 대해서 알고 있군요? 그렇죠? 저에게 저주를 당한 유저… 앗!”

자신의 과거 행적을 실토하는 실수도 한다. 꽤 당황하고 있음이라.

그래, 특대의 저주를 당했지……. 그 결과가 저 멀리 눈앞에 있다.

“단지 느낌에 충실할 뿐입니다.”

“무슨?”

“제 느낌은 당신이 배신자라고 말하고 있습니다. 믿을 수 없다는 경고를 보내고 있군요.”

국어책을 낭독하는 어투를 유지했다.

“그런?!!”

그녀는 흠칫하는 모양으로 몸이 굳었다.

"그 느낌이 저를 이곳에 있게 만들었으니… 이번도 믿고 싶군요."

"?"

"떨어지시죠."

"……."

바로 재수없다, 이 말이지.

유브는 입술이 보기 좋게 구겨져 주춤 물러났다.

도저히 이해할 수 없다는 표정이다.

바로 내가 기어 골렘이 될 때 저런 얼굴이었겠지.

"조, 좋아요. 그 느낌을 존중해 드리죠. 지금 당신에게 수많은 축복이 부여되어 있지만… 오르골 골렘의 장막을 절대 통과할 순 없을 거예요."

"……."

오호라, 이번엔 저주가 아니고 축복이 부여되어 있다는 식으로 구라를 놓는군.

"제 축복 없이 결코 원정에 성공하기는 어려울 거라고요."

그래서 어쩌라고?

냉랭하게 말했다.

"자신의 역할에 충실합시다."

"……."

유브는 얼굴이 구겨진 채 고개를 기름 빠진 태엽인형처럼 돌렸다.

극도의 혼란으로 빛의 고리가 형광등처럼 깜빡거렸고 주먹 쥔 손은 바들바들 떨렸다.

성전기사단의 추기경조차 그녀를 존경한다 했다.

어디서 이런 거친 대우를 받아보았겠나?

이해한다더니 속 좁게 너무한 거 아니냐고?

우우의 전투 경험은 이제 시작이다.

눈앞에 전진을 개시한 성전기사단은 최정예다.

유브의 축복까지 받아들이면 더 강해질 터.

이런 베테랑들을 상대로 싸우려면 적의 핵심 전략 병기를 흔들어 놓을 필요가 있음이다.

내가 계속해서 신경 쓰이겠지? 그래, 그렇게 고민하고 신경 쓰라고.

단지 그뿐이다.

＊　　　＊　　　＊

"우우― 이번 공대는 급이 달라요. 이를 어쩌? 지오님, 전 괜찮으니까 마구 날뛰어 주세요."

걱정 마시라, 네게 빛의 날개를 달아주겠어.

기익기익. 기어를 두 번 마찰시키는 것으로 대답했다.

이는 긍정을 알리는 약속된 신호다.

그리고 오르골 골렘으로 지낸 시간은 특성을 파악하기 충분한 시간이었다.

쌍절검을 크게 휘둘렀다.

부우우우우우우우우우우−!

거대한 검이 만들어낸 풍압을 따라 대기가 갈리며 웅혼한 소리가 메아리가 되어 공간에 울렸다.

이 한 번의 동작만으로 군악대의 합주를 단번에 집어삼켰다.

이게 다가 아니다.

꾸워어어어어어−!!!

작업을 하고 있던 기어 골렘 중에서 여덟 대가 기성을 지르며 작업지에서 이탈했다.

쿵쿵− 규칙적인 발걸음으로 나를 향해 다가왔다.

두부의 잠잠하고 심심하던 눈은 각오가 담겨 활활 타오르고 있다.

그렇다.

오르골 골렘은 지휘하는 통제기인 母機, 저 여덟 대의 골렘은 지휘를 받는 드론, 子機다.

나는 장난감 병정처럼 절도있게 발밑을 지나가는 이 여덟 대의 자기에 금속수를 불어넣었다.

여덟 기의 기어 골렘에 두터운 적층 장갑이 생겨나기 시작했다.

이어 들고 있던 곡괭이 같은 연장들은 전투 해머와 무기로 그 모습이 바뀌었다.

참고로 불어넣은 금속수에 따라 오르골 골렘의 크기가 미세하게 줄어들었다.

중요한 것은 누가 보더라도 크기와 외관은 유저들에게 알려진 강철거인의 그것이다.

우유빛 도색의 강철거인 여덟 기가 성전기사단을 향해 육박해 들어갔다.

진격하는 기사단 뒤에 대기 중인 유저들의 술렁임이 고스란히 느껴졌다.

훗, 상대의 전략을 파악한 이상 미련하게 홀로 맞설 생각은 없다.

무궁한 자원을 마음껏 낭비하기로 하자!

아무리 멋진 장갑을 부여했다 해도 본 바탕이 기어 골렘이다.

쩌그덕쩌그덕 걷는 모양이 유연함과는 거리가 멀다.

좋아, 멋지게 부서지는 거야!!

여덟 기의 드론과 성전기사단이 격돌했다.

마그마의 바다는 없었다.

마그마 골렘은 강력하다. 하나 밀리터리 유저와의 연계를 할 수 없다.

이것이 순수한 무력이다! 를 증명하겠다는 듯 물리력으로
만 도전해 왔다.

빛으로 휘감긴 성전기사단원들이 붕붕 날아다녔다. 조밀
한 오러에 드론들의 장갑이 성둥성둥 두부처럼 잘려 나갔다.

전위를 맡은 성전기사들을 위한 엄호와 퇴로 확보가 기어
처럼 맞물려 돌아갔다.

과연 엘리트 집단다운 무력과 조직력!

역시나 부족한 유연함의 격차는 무시할 수가 없음이라.

하나 짝퉁이지만 강철거인은 강철거인이다.

그리고 강철거인을 장난감처럼 다루는 매서커가 나의 주
캐잖은가.

강철거인이 유저를 상대할 수 있는 비장의 꼼수는 무궁무
진하다.

난도질당한 장갑 부위를 거칠게 해체했다. 아니 터뜨렸다.

빠웅—!

장갑 균열이 터지며 파편 조각을 우수수 뱉어냈다.

파편의 그림자로 하늘이 덮일 정도다.

크악—! 크으윽.

다들 드론들을 손쉬운 상대로 여기고 있다가 파편 세례에
혼비백산하며 물러났다.

후후, 그게 다가 아니지.

기어 골렘이 이들을 추적하며 무식한 대검을 쓸듯이 휘둘

렀다.

허리가 분리되는 참극은 그려지지 않았다.

대신 사람이 대포알이 되어 날아가는 그림이 펼쳐졌다.

"으아악—!!!"

너무도 견고한 가호(버퍼)를 두르고 있기에 산 채로 대기를 가르며 기함을 토하고 말아야 했다.

동료들의 비참한 모습에 독이 오른 기사들이 벌 떼처럼 기어 골렘에 엉겨붙었다.

역시 엘리트 집단의 감투정신이라 이건가.

매서커가 탑승한 강철거인이라면 껌도 되지 못하는 것들이.

드론의 한계는 명확했다.

그리고 드론다운 최후는 따로 있다.

난도질당한 드론 중 한 기가 무릎을 꿇고 말았다.

우워 하는 고양된 함성이 울리며 성전기사들이 벌 떼처럼 기어 골렘에 올라탔다.

골렘 오너의 권리를 획득하기 위한 경쟁이다.

훗— 바로 그래야지.

문제의 3호기를 특정해 동화율을 튕겼다.

띵한 현기증이 뒤를 이었다.

기어 골렘 내부에서 새파란 섬광이 생겼다 사라지더니…….

꽈광—!!!

드론이 폭발했다.

원반형 기어들이 회전하며 올라탄 성전기사단을 갈가리 찢어버렸다.

이어 함락 직전 메시지를 보고하는 드론 순으로 연결된 동화율을 폭주시켰다.

꽈광— 꽈르릉!!!

아악—!!!

폭음과 처절한 단말마의 비명이 공간을 가득 메웠다.

그렇다.

드론에게 자폭은 최후이자 최고의 공격이다.

그 최후의 순간 기어의 톱니산은 날카롭게 벌러졌다.

드론엔 동화율의 폭주를 완충할 장치가 없다.

저들에겐 자폭 공격처럼 보이지만 실상은 계산된 폭발이다.

그제야 성전기사단은 물론 유저들이 동요하기 시작했다.

기어 골렘 자체가 바로 움직이는 폭탄 그 자체임을 깨달은 것이다.

드론들은 제압할 수 있다. 하나 제압할수록 피해는 늘어나는 구조였으니, 다들 수학은 배웠겠지?

그럼 이제는 미분의 영역으로 사고할 차례.

나는 다시금 오르골 골렘의 쌍절검을 작업장을 향해 휘둘렀다.

꾸어어어어억—!!!

사나운 울림과 동시에 드론화된 기어 골렘의 눈이 활활 타올랐다.

마찬가지로 나 역시 머릿속이 뜨거워졌다.

동화율의 접속과 분산, 제어까지 일시에 해야 하기에.

나 자신이 통제기의 슈퍼컴퓨터가 되는 순간의 고통이었다.

드론들이 나와 연결되자마자 용기 백백 걸음을 옮기기 시작했고, 한 걸음 한 걸음 디딜 때마다 지면을 타고 올라온 금속수로 두터운 적층 장갑이 자라났다.

다시금 여덟 기의 강철거인이 성전기사단을 향해 나아갔다.

성전기사단도 지지 않고 마주해 달려왔다.

하나 성전기사단이 홍수 같은 기세라면 드론의 기세는 쓰나미에 견줄 만했다.

후후, 여덟 기의 드론을 처단하는 데 얼마의 전력이 소모되었더라?

＊　　　＊　　　＊

전장은 난장으로 변한 지 오래다. 폭음과 금속 파편이 비산했고 비명과 욕지기가 난무했다.

"크으, 어떻게 저럴 수가! 로드 시리즈를 넘어서는 괴물이라더니……."

지도부에 모인 요인들 가운데 추기경의 중얼거림이었다.

성전기사단이 능력이 떨어지는 집단이 아니다.

군소 작업장 공장들에 비해 절대 꿇리지 않았다.

하나 소모전에 소모전으로 맞서는 상대를 능가할 비책이 없음이다.

"저건 분명 설정 오류가 맞다니까요?! 지금이라도 E&T에 신고해야 합니다."

여우대가리가 홍분해서 방방 뛰었다.

"맞아요. E&T 어디에도 관련된 단서가 없는 존재입니다. 무려 한 달 간이나 허송세월하게 만든 E&T를 상대로 소송을 진행해야 합니다."

달마가 침중한 어투로 말했다. 지친 게 고스란히 느껴졌다.

이후 여러 공장들의 의견이 두서없이 터져 나왔다.

"가상 게임 중 퀘스트를 클리어한 기간이 최장으로 일 년이 넘는 경우도 있었습니다."

"하나 그것은 초창기 때 있었던 이야기 아닌가요."

"맞아요. 세계 어디나 한 달이 넘으면 개발사에서 여러 가지 단서를 흘려 클리어하도록 도움을 주죠. 이렇게 방치한 퀘스트는 들어보지 못했어요."

"…인공지능이 꼬인 게 분명해요."

"맞습니다. 내부 소식통에 의하면 오르골 골렘에 E&T에서조차 고개를 흔들고 있답니다."

그렇다. 대지의 일족 퀘스트가 오르골 골렘의 등장으로 완전히 꼬여 버렸다.

"저도 들었어요, 원인을 찾아 E&T에서 관련 유저들의 플레이 레코드를 살피고 있는 중이랍니다. 유저가 인공지능을 오염시킨 흔적을 찾아 그 책임을 단단히 물리겠다고 해요."

…….

자연 도둑이 제 발 저린 여우대가리와 달마의 표정이 굳었다.

기어 골렘을 해방하는 과정에 일이 잘못된 것이기에.

플레이 레코드를 판독하면 누구 잘못일까?

분명 제사를 방해한 이 두 사람의 책임이 클 것이다.

그렇게 지휘부가 혼란스러운 가운데 거대한 폭음이 울렸다.

폭발에 튕겨 올라간 유저가 날아와 근처에 패대기쳐져 떽
떼굴 굴러 떨어졌다.

이 그림에 장미의 표정이 굳어졌다.

그녀도 사태가 생각대로 흐르지 않음을 느끼고 있음이다.

마그마 골렘을 불러 마그마의 바다로 대응하는 것이 효과
가 없음은 이미 여러 공대가 증명하였다.

그래서 선택한 것이 오르골 골렘 내부로의 침투 아니던가.

그런데 접근도 하기 전에 드론들에 의해 전력 소모가 너무
커져 버린 상태다.

"가만가만, 오르골 골렘의 크기가 좀 작아진 것 같지 않아
요?"

이크, 역시 눈치 빠른 장미였다.

"그래요, 여전히 크기가 장대하지만 확실히 머리 하나 정
도 줄어 있어요."

제길, 과연 탐색의 큐브였다.

확실히 드론을 무장시키고 동화율을 분산시키느라 오르골
골렘의 신체를 유지하기가 버겁다.

유저들을 겁주기 위해 어거지로 오르골 골렘의 크기를 유
지하고 있을 뿐이다.

전투 시작 전 크기에서 절반도 버거운 상태다.

그렇게 극악한 다이어트를 체험 중인 오르골 골렘이랄까.

나참, 금생에서 다이어트라니…….

게다가 결정적으로 싸우면서 지휘부의 팬텀에도 집중해야
한다.

전투 개시 두 시간이 흘렀다. 의식이 몽롱한 상태.

만약 팬텀이 이 상태에서 출격한다면 뇌가 녹아 내릴지 모
른다.

성전기사단과 나머지 공대들은 유례없이 질기게 엉겨붙었
다.

그렇게 나 역시 힘들기는 매한가지다.

무생물 같은 금속체와 가면으로 이를 숨기고 있을 뿐이다.

이 모든 게 눈앞에 자상한 누나 같은 미소를 흘리고 있는
유브 때문이다.

자폭에 폭사한 성전기사단을 축복사 유브가 개입해 멀쩡
한 상태로 살려냈다.

신체가 두 동강만 나지 않으면 멀쩡하게 살려냈다.

그리고 사기 같은, 도마뱀 꼬리 같은 재생력은 또 어떤가.

바로 눈앞에 사기가 있음이다.

그렇다. 나만 무궁한 것이 아니게 되어 버렸으니……. 여
러 모로 빌어먹을 유브다.

이크, 나의 적의가 읽혔는지 유부의 눈이 나를 빤히 쳐다보

왔다.

이 때문에 지휘부의 시선이 전부 나에게 쏠리고 말았다.

추기경의 의심 가득한 눈빛, 달마와 여우대가리의 적의 가득한 눈빛, 장미의 조급한 눈빛, 공장들의 무언가 기대가 담긴 눈빛까지.

절로 특공을 강요하는 분위기가 조성되었다.

나는 오만함을 가득 담아 허세를 부렸다.

"후후, 고철 덩어리를 상대로 이 몸이 할 수 있는 게 보이는군."

…….

나의 말에 손톱을 깨물던 장미의 얼굴이 환하게 변했다.

"단, 나 혼자 나서야 해! 짐짝들과 함께 행동하는 건 내겐 너무 고역이야."

…….

거만 쩔어주시고.

다들 입술을 씰룩거리며 바르르 떨었지만 고개를 끄덕이는 것으로 출격 조건을 받아들였다.

왜 아니 그럴까? 지푸라기 잡고 싶은 심정 아니겠는가.

자, 그럼 이제부터… 쇼 타임?

아?! 아니지. 스팅이려나.

Act 08
바미안의 특산품

機甲戰記
Massacre
기갑전기 매서커

이 위급하고 중대한 시간, 다른 캐릭들의 사정 역시 평화완 거리가 멀다.

다들 나름의 전투를 치르고 있다.

"헉헉, 미요? 어디까지 가야 하는 거야?"

이 정도 이동에 숨이 찰 리 없는 매서커지만 팬텀과 오르골 골렘을 움직이고 있기에 말하기조차 버겁다.

"흥—"

미요는 가볍게 코로 대답했다.

그 안엔 '또 어디에 신경줄 놓고 있는 거야?! 분명 또 여자 겠지' 라는 의미가 포함되어 있다.

“…….”

무언으로 해석하고 긍정하고 말았다.

미요의 눈이 상큼하게 치켜 올라갔다.

눈빛이 말하고 있다.

‘지오 따위! 나가 죽어 버려—!!’ 라고.

놀라운 독해력이 아니라 하도 듣다보면 그런 말을 퍼부을 때 취했던 눈빛을 기억할 수밖에 없다.

어색한 미소로 그저 그런 흔한 말로 흘려 버렸다.

지은 죄가 있으니…….

아, 이 바쁜 와중에 둘이 뭐하냐고?

저주!

그렇다. 저주를 풀기 위해 아부신공을 발휘하다 기어이 짐꾼으로 급전락!

미요 뒤를 쫄래쫄래 따라가야 하는 신세가 되었다.

미요의 아름다운 뒤태를 감상하며 이동하는 것은 정말 가슴 설레는 그림이지만 등에 짊어진 짐이 궁금해 미칠 지경이기도 하다.

부피는 있지만 무겁지도 가볍지도 않다.

중간 크기 상자를 켜켜이 짊어지고 있는데 무게보다는 그 안의 내용물이 살아 움직이는 게 감지된다는 게 문제였다.

상자 내용물의 정체는 분명 살아 있는 생물이 분명했다.

“미요? 이 안에 뭐가 든 거야?”

"흥, 그나마 나름 손쉬운 퀘스트를 부여받아 이 정도로 참는 거야."

미요는 질문을 풀어줄 생각이 없는가 보다.

간간이 사랑스러운 얼굴과 웃는 눈으로 나와 눈을 맞추다가도 갑자기 돌변해 눈에서 불을 뿜었다.

그리고 지금처럼 혼잣말.

"아유, 자존심 상해! 내가 그따위 것들과 경쟁해야 하다니……. 이런 말라깽이 때문에……. 분해 죽겠어."

"……."

흑흑, 제가 죽을죄를 지었습니다, 라고 빌 줄 알았지?!

절대로 그런 일 없을 거거든.

메이지 지오에게 건 저주를 상기하자!

뭐? 조강지처의 눈물? 조강지처 좋다 이거야. 저주는 왜 걸어?

매서커 지오라면 이해가 간다.

엄연히 메이지 지오는 임자없는 싱·글·이다.

왠지 논리가 빈약하게 느껴진다고?

…인정.

그래서 내가 이런 머슴 노릇을 하고 있는 것 아닌가.

가상의 여친도 여친이기에, 지조랑은 아득한 거리가 있는 내가 참아야지.

"흥, 허약한 약골 주제에 나를 탐해? 좋아, 마음이 우주보다도 넓은 이 미요님이 참아주지.”

“……”

인정할 수 없다는 눈으로 미요를 바라보았다.

“흥! 좋아, 여기서 쉬자고. 정보에 의하면 이 부근인데……. 아이 참.”

“예이―”

나는 얼른 대답하고 등에 짊어진 지게를 내려 놓았다.

지게의 A 프레임 안엔 서른 개의 정체불명의 나무상자가 쌓여 있다.

내가 저런 걸 짊어지고 걸었다고 생각하니 대견했다.

미요 역시 내가 대견한가 보다. 그런 눈으로 나를 보고 있다.

눈이 마주치자 홱 고개를 돌리며 콧바람을 뿜었다.

고개를 돌리니 모양 좋은 가슴선이 도드라져 들어왔다.

근래에 누구누구 덕에 가슴 발육에 신경 쓴다더니 나름 성과(?)가 있구나.

당장 저질이라는 지적질을 당하기 전에 눈을 돌렸다.

주변 지형을 탐색하는 호위기사의 냉철한 눈빛이 빛났다, 라고 착각하자.

이곳은 나무가 드문드문 자라는 바위산이었다.

그리고 지반에 난 구멍을 통해 시원한 바람이 흘러나오고 있다.

용혈이라 부르는 현상이었다.

나는 될 대로 대라는 식으로 소파 형태의 바위에 걸터앉았다.

오르골과 팬텀이 어떤 식으로든 결착이 날 때까지 움직이지 않을 것이다.

주위를 둘러보던 미요가 곁으로 돌아와 한 뼘 거리에 앉았다.

한 뼘, 요즘 미요와 나의 자로 잰 듯한 거리다.

이 거리를 좁히려면 귀부인을 위해 수많은 맹세를 남발해야 할 터이다.

미요가 옆에 앉자 기분 좋은 냄새가 나는 것 같다.

미요 특유의 냄새다. 미요가 내게 마음을 닿아 버린다면 이 향기를 나는 절대 맡을 수 없으리라.

아직 화해의 가능성은 있다.

미요의 그림 같은 옆모습을 보고 있으니 묘하게 얼굴이 달아올랐다.

그런 낌새를 느꼈는지 불량스러운 눈빛으로 나를 째려보았다.

딴청을 부리며 하늘 위로 시선을 돌렸다.

그러자 어깨에 작은 온기가 닿았다.

미요가 머리만 작게 기대어 온 것이다.

역시 나보다 용기가 있어.

“넌, 날 너무 울렸다. 그리고 계속 울릴 테지…….”

“…음.”

부인할 말 대신 긍정의 신음이 흘러나오고 말았다.

대신 손을 뻗어 어깨를 감싸안았다.

폭 좁은 어깨가 바르르 떨려왔다.

이 순간 그 어떤 속된 생각은 들지 않았다.

그저 말없이 이대로 있는 평화로운 순간이 화해의 시작이자 끝이었다.

…….

“음, 미요?”

“응?”

“나에게 건 저주, 어떻게 좀 안 될까?”

“…….”

미요가 걸어찼다. 또 찬다. 자꾸 찬다. 마구 찬다.

진주색 이가 보였다. 페퍼민트 향기가 밀려들어 왔다.

숨결이 연결되어서야 가열찬 폭행이 멈추고, 동화율이 주책없이 끓어올랐다.

그러나 이것은 축복—!

*　　　*　　　*

"험험, 유저인들은 시와 장소 불문으로 타오른다더니."

깜딱이야!

바위 균열 사이에서 복면의 인물들이 나타났다.

복면의 모양은 고깔 모자 형태의 두건이었다.

하나 이런 복면을 했다고 상대의 정체를 파악 못할 리 없다.

가슴 밑까지 오는 키, 스키 장갑이 연상되는 두툼한 큰 손, 홍두깨가 연상되는 굵고 짧은 다리, 인간의 말을 하고 있지만 매직 아티펙트에 의한 경직된 여과가 느껴진다.

바로 대지의 일족 드워프들이었다.

그렇게 대놓고 뻔한데 복면은 왜 한 거야?

"신경 쓰지 말고 계속 해도 돼요. 가슴이 예술로 보라고 명령하고 있기도 하고."

그게 될 법한 소리야—?!

아니다. 인공지능 따위에 창피를 느낄쏘냐?!

나는 미요의 어깨를 풀지 않았다. 놓치기 싫은 체온의 마지노선이기에. 하나 미요는 언제 뜨겁게 불타올랐냐는 듯 발로 차 두 걸음 거리로 밀어냈다.

커흑, 아파, 아파.

타올랐던 동화율이 쉽게 가라앉을 리 없다.

동화율이 높으면 달콤함은 세 배, 고통은 열 배랄까.

미요에게 아쉬움과 억울함을 담아 눈을 부라리는데.

“통역 기기가 마음에 드시는지요?”

미요가 복면의 드워프에게 친근하게 말을 걸었다.

뜨거운 광경을 들킨 어색함 같은 것은 나를 향한 발길질로 끝인가 보다.

우~ 이런 철면피 같으니…….

“험, 우리를 노예로 부리던 이슈타르인들의 유물이라는 것이 마음에 들지 않지만 이 아티펙트의 세공에 우리 일족의 섬세한 손길이 느껴지므로 만족한다고 해야겠지.”

적응하기 힘든 꺼끌꺼끌한 음성이었다.

미요가 손으로 나를 가리키며 말했다.

“제 수행원 역시 여러분의 조건대로 유저인입니다. 거래에 응해주셔서 감사해요.”

“거래? 유저 아가씨, 그건 아니지.”

“아차, 그렇군요. 거래는 물건을 확인한 다음이죠. 제가 조금 흥분했습니다.”

“마음이 무저갱인 우리가 이해하지. 허허.”

분명한 것은 이 복면의 드워프들이 유저인 미요와 나에 대한 경계가 현저히 낮다는 것이다.

메이지 지오로 이들과 첫 접촉을 했을 때 얼마나 까탈스러웠던가.

욱하는 마음에 바가지를 팍 씌웠지만 그 여파로 드워프들과의 교류는 그리 크게 이루어지지 않고 있다.

그렇다. 첫 단추를 너무 감정적으로 처리해 단추 자체가 채워지지 않은 것이나 마찬가지인 상태!

교역 비율이 1대 20으로 정해졌다.

전체 인공지능이 터무니없는 착취로 규정하고 문제의 비율을 차근차근 낮추는 과정에 있다.

바늘 같은 작은 거래를 연이어 하고 중단하기를 반복하며 교역 비율을 조정하고 있는 중으로 현재 1대 18.4 선까지 내렸지만 갈 길이 요원하다 하겠다.

자연 이 교역 비율을 회피하기 위한 행동 양식이 바미안에 성행하고 있다. 드워프들도 마찬가지.

그것은… 밀거래, 혹은 암거래!

지금 미요가 하려는 것은 바로 드워프들과의 암거래인 것이었다.

인공지능이 불법을 저지르는 것이니 복면이 필요한 것이고 이름을 걸고 이야기할 수조차 없다.

만약 암거래가 발각되면 인공지능은 타락의 수순을 따르게 된다.

즉, 유저들의 토벌 대상이나 사냥감으로 던져지는 것이다.

종국엔 소멸!

그렇게 드워프들의 복면은 이해가 된다.

한데 미요는 감히 영주 부인으로서 있을 수 없는 불법을 저지르고 있음이라.

가신단 중 명색이 퀸의 자리에 있으면서 어떻게?

…어?! 영주인 내가 암거래 물건을 지고 왔다.

이런 걸 벌률 용어로 뭐라고 하더라?

아 그래, 종범(從犯). …일명 똘마니!

규칙을 만든 사람이 솔선해서 규칙을 어기고 있는 현장에 있는 것이다. 뜨겁게 타오르던 동화율은 지금 얼음장처럼 식었다.

…부글부글.

그렇다! 세금 내라고—?!

세금… 교역세! 부가가치세! 종합소득세 등등등등등!!!

그러니까 내 돈 내놓으란 말야—?!

발악하려는데.

…….

"유저 아가씨, 우리가 직면한 문제의 해결책이라고 주장하는 게 저 보잘것없는 상자들인가?"

"예, 바로 바미안의 특산품이죠. 오직 바미안에서만 만들어지는 물건, 아니, 생명체죠."

순간 솔깃했다.

영주인 내가 모르는 바미안의 특산품, 아니, 특수 생물이 있다니?

내가 모르는 소득원이 있다는 말?

아차, 이는 지금 드워프들과의 밀거래가 성공해야 특산물로 등록될 게 뻔했다.

일단 화를 누르고 거래의 진행을 지켜보기로.

"그렇게 자신하는 특산물을 일단 한번 보도록 하지."

"검증은 마쳤지만 이 자리에서 다시 한 번 확인할 수 있도록 제가 요청한 준비물은 가지고 오셨지요?"

"당연히 그것도 넉넉히."

대화를 주도하는 드워프가 손가락을 꼬았다.

준비물을 가져오라는 그들만의 신호인가 보다.

완전무장한 복면의 드워프들이 용혈 안에서 사과 상자 형태의 궤짝들을 옮겼다.

바닥에 내려진 나무 궤짝이 작은 충격에 거칠게 요동쳤다.

덜컥덜컥.

동시에 내가 가지고 온 상자에서도 반응이 거칠게 나타났다.

니야아아아앙—!!!

으힉— 이건?

고양이 특유의 발광(?)음이 아닌가?!

언제부터 바미안의 특산물이 고양이가 된 거야?

나의 의문 가득한 눈앞으로 미요가 격렬하게 반응하는 상자 하나를 들고 지나갔다.

비취색 한쪽 눈을 사랑스럽게 찡긋해 보이며.

응?

나에게 특대로 고마워하고 있다.

불현듯 떠오른 오직 그녀에게 부여한 퀘스트!

Quest

레이디 미요 단독 실행.

대지의 일족에게 고양이를 선물하고 우호의 증표로 '대지의 심장'을
받아오자.

……:

이것은 그 계획의 일환?

고양이의 가치는… 단연코 없다!

에라, 모르겠다. 어디 두고 보자.

*　　　*　　　*

복면의 드워프 전사들이 무기를 들고 원을 만들었다.

꽈직— 하며 두 개의 상자가 그 안에서 개방되었다.

잉? 미요의 상자에서 나온 건 흔한 도둑고양이였다.

척 봐도 안다. 흔한 잡종 삼색이다.

E&T에서 고양이나 개 같은 반려동물들의 크기는 현실의 2~3배 정도 크다. 고양이라도 어지간한 중개 정도 자라 돌아다닌다.

달리 개냥이라 불린다.

바미안의 밤을 이 고양이들이 지배하고 있다.

하나 이 주인 없이 돌아다니는 도둑고양이들은 도둑이자 암살자인 미요의 정찰병들이다.

그렇다. 밤길을 걷는 자들의 동반자!

도둑들의 연락을 맡는 것은 물론 장물을 물고 몰래 감추어 주기도 한다.

당연히 미요의 비호를 받아 유저들이 버리는 몬스터 부산물은 이들 차지다.

그 수는 지금 기하급수적으로 늘어나고 있다.

낮에 팔자가 늘어져 담장이든 지붕이든 늘어져 있는 고양이들을 흔히 볼 수 있어 제법 한가한 영지의 풍경을 만들어주고 있다.

하나 밤만 되면 영주관에 몰려들어 싸움판을 벌이고 다녔다. 그 요란한 소음은 당해보지 않으면 모른다.

영주민들의 민원도, 유저들의 불평도 미요에 의해 묵살!

'…어떻게 이런 가여운 동물들을 몬스터가 득실거리는 도

시 밖으로 추방할 수 있어요?! 흥, 배려심이라곤 찾기 힘든 야
만인 같으니라고' 라며.

당연히 도둑고양이들의 미요에 대한 충성심은 말해 입 아
프다.

나의 일거수일투족을 감시하기에 이놈들의 야성이 만만치
않음을 잘 알고 있다.

그렇다. 나에게 바미라는 도시 인공지능이 있다면 미요에
겐 도둑고양이 군단이 있다.

여하튼 삼색의 줄무늬가 조화롭게 자라난 커다란 고양이
가 황금색 눈을 번뜩이며 털을 곧추세웠다.

니양아아아아아앙—!!!

특유의 고주파 포효를 상대에게 투사했다.

이 삼색 고양이의 상대는 쥐 대가리 몬스터인 코볼트였다.

유치원생 키에 맨발, 헐거운 멜빵바지에 조잡한 야삽을 든
흔하디흔한 코볼트 광부였다. 붉은 눈빛이 탁하다.

오우거의 도시락으로 바미안을 침범했다가 몰살당한 저급
몬스터 시리즈, 이들의 로드는 내게 붙잡혀 바미안의 지하 미
궁에 던져졌다.

그렇게 죽이지 않았다.

왜?

처단하면 파편무구가 떨어지는데도?

코볼트 로드 역할을 하던 탐욕스러운 유저는 그 역할을 인

공지능에 넘겨 버린 후 달아나 버렸다.

그 인공지능의 주인공은… 내가 아는 유저였다.

바로 트라이엄프 클랜의 수장이었다가 탈출 과정에 클랜원들을 배신한 바로 그 자였다.

그렇다. 그에게 어울리는 장소가 지하 미궁 아니던가.

파편 전쟁에서, 바미안에서 패퇴한 코볼트 군단은 뿔뿔이 흩어졌다.

인공지능이 부여한 본능대로 약탈하며 돌아다녔고, 약탈한 아이템을 은닉한 다음 그 정보를 코볼트 로드에 전송했다.

이 전송의 매개체는 생쥐로 사람이 비둘기를 이용하는 원리다.

세상 어디에나 쥐는 있으니.

자신들의 로드가 바미안에 포로로 잡혀 있으니 바미안에선 창궐하지 못했다. 대신 다른 영지나 필드에 창궐해 유저와 NPC들을 약탈하며 설정이 부여한 악역 역할에 충실했다.

그러나 그 기세는 예전만 못했다. 코볼트 로드의 가호나 축복을 받지 못한 코볼트들은 '코볼트 나이트'나 '코볼트 메이지' 같은 고급 유닛들을 배출하지 못해서였다.

코볼트들은 인공지능의 성실함으로 코볼트 로드를 여전히 섬기고 있다.

코볼트 로드의 용도는 단 하나! 돈벌이 수단이다.

나는 입장료를 받고 미궁으로 유저 파티를 입장시켰다.

유저가 개입하지 않아도 코볼트 로드는 그 자체로 위험한 보스 급 몬스터다.

게다가 파편무구인 타르타로스의 장갑을 소지하고 있어 강력하다.

유저 혼자면 위험하다. 15인 이상 30인 공대면 죽이진 못해도 코볼트 로드의 꼬리를 자를 수 있다.

징그러운 꼬리를 자르면 지도가 떨어진다.

그런 식으로 두들겨 패면 보물지도를 토해내 수입이 짭짤하다.

여하튼 코볼트 광부와 삼색 고양이가 대치는 그리 길지 않았다.

"니양―!!!"

"히잇, 키릭."

고양이인지 표범인지 단 한 번의 도약으로 코볼트 광부의 목에 이빨을 박아 넣었다.

그리고 잘잘 흔들어 기어이 목숨을 취했다.

"키힛……."

이럴 수가? 아니 이럴 리가?

잔인한 광경일 수 있지만 의구심이 덮었다.

고양이는 고양이다. 당연히 하급 몬스터와 상대가 되지 않는다.

아니, 인공지능에도 급이 있고 이를 기반한 먹이사슬이 작동하고 있다. 지금처럼 도둑고양이 단독으로 몬스터를 제압하는 것 설정 파괴다.

설정은 게임에서 신의 섭리와 동격!

아무리 살펴보아도 고양이에겐 특별한 아이템이 부착되어 있지 않다.

미요는 삼색 고양이 뒷덜미를 한손으로 잡아 쓰러진 코볼트 광부에게서 떼어내었다.

"잘했어. 단련시킨 보람이 있어. 호호."

미요의 가는 손에 붙잡힌 고양이는 혀를 쑥 내밀며 무기력하게 축 늘어졌다. 눈까지 처져 행복한 미소도 그리고 있다.

나는 안다, 저 손아귀에 잡히면 에누리없음을.

고양이는 다시 나무상자로 직행.

"니잉~"

상자 입구에서 실랑이가 있었다.

"넌 다이어트가 필요해ㅡ!"

미요는 고양이의 버둥거림을 이 말로 단번에 침묵시켜 버렸다.

오호라ㅡ 바미안의 마스코트에게 써먹어 보자.

이 모든 과정을 지켜본 드워프들은 오오ㅡ! 하는 낮은 함성을 지르며 흥분했다.

"…정말이군. 보통 고양이가 아니야. 놀랐어."

"예, 보신 대로 코볼트 군단이 섬멸된 바미안의 특산물답

지요?"

"과연."

미요의 동작은 과장되게 커지고 손은 상자를 연신 가리켰
다.

"자, 그럼 정식으로 바미안의 특산물을 소개합니다."

미요가 찌릿— 하는 식으로 나를 노려보았다.

……

알았다. 알았어.

나는 갑옷 가슴을 북처럼 두들겼다.

두구두구두구둥—!!!

이어지는 미요의 광고성 멘트.

"코볼트 로드를 상대로 단련된 깜냥—!"

오—!

아하— 그래서 미궁에 뻔질나게 들락거렸구나.

두구두구두구둥—!!!

"코볼트 꼬리를 껌처럼 씹으며 단련된 이빨—!"

오옷—!

쥐꼬리가 개껌이냐?!

두구두구두구둥—!!!

"코볼트 가죽을 상대로 단련된 손톱과 발톱—!"

오오오—!

털 날린다.

두구두구두구둥—!!!

"게다가 좋아하는 간식은 코볼트의 싱싱한 생간—!!"

이에에—!

…점심 먹은 게 쏠린다.

두구두구두구둥—!!!

"노련한 녀석은 코볼트 수염으로 이빨도 쑤신다!!"

우워워—!!

으… 과장광고다.

하나 드워프들의 반응이 광적이다.

멀리서 보면 백설공주와 일곱 난쟁이들의 소풍처럼 보일 테지.

그러나 이는 전형적인 약팔이 모드. …엽기다.

한데 미요의 말을 따라 나는 가슴 갑옷을 손으로 두드리며 '두그두구둥' 박자를 만들어 호응하고 있다는 것.

빌어먹을 오르골 골렘 때문에 잘도 박자를 맞추고 있다.

미요의 외침은 절정을 향해 달려가고 있다.

갑옷을 고릴라처럼 두드려 대는 나.

두구두구두구둥—!!!

"이름하야— 짬 타이가—!"

우워워어어어어어어—!

드워프들의 감탄성이 합창이 되어 터져 나왔다.

님이 원하시는데…….

저 푸른 초원 위에 그림 같은 집을 짓고 살자는 것도 아니다.

제길, 그러면 그렇지.

영지민들의 황당한 얼굴이 그려졌다.

미요와 있으니 당연히 말렸을 바미는 침묵하고 있다.

미요는 만족한 얼굴로 나를 향해 고개를 끄덕였다. 무지 기쁜가 보다.

　복면의 드워프가 고개를 끄덕이며 고양이, 아니, 짬 타이가의 강함에 대한 유례를 인정했다.

　"오—?! 짬 타이가? 강한 울림이 느껴지는 것이 굉장히 어울리는 이름이야."

　…….

　이름 지은 사람이나 그걸 좋다고 받아들이는 똥자루나… 구제불능.

　짬은 잔반의 군대 비어에, 타이가는 영어 타이거의 일본식 짧은 발음의 조합……. 미쳐.

　미요는 자신만만하게 잘록한 허리에 손을 가져다댔다.

　"흐흥— 자, 그럼 거래에 대해 이야기해 볼까요?"

　"거, 거래? 조, 좋지. 허허."

　미요의 기이한 박력에 복면의 드워프가 말을 더듬었다.

　미요의 비취색 눈 가득 '돈돈파' 가 넘실거렸다.

　저런저런, 불쌍한 드워프 같으니.

　한데 짬 타이가라고라?

　작명 센스, 달나라 가신다.

홍정은 길었다. 상대가 미요고 교역 비율이 적용되지 않는 거래라서 드워프도 나름 열심이다.

나는 그저 상자를 손가락으로 톡톡 건드려 짬 타이가라고 명령된 도둑고양이들을 놀렸다.

고양이들은 고개를 돌려 외면했다. 자신들이 뭔가 중요한 존재가 된 것을 아는 듯했다.

"…도둑고양이 주제에 출세했군. 거참."

여하튼 홍정 과정에 드워프들의 고민이 드러났다.

드워프 사회에서 제일 기본 활동이 광물 캐기다.

인간이 절대 견딜 수 없는 곳을 도약(?)해 드워프들은 파내려 간다.

이 깊은 갱도에서 일하다보면 보급품들을 중간중간 특정 장소에 비치해 놓을 수밖에 없다. 그런데 근자에 들어 코볼트들이 갱도로 숨어들어 와 이 식량 등 보급품을 거덜 내버리는 사건이 발생한 것이었다.

무기로 전용할 수 있는 여러 소모품들도 같이.

파편 전쟁의 여파였다.

아침, 아침 참, 점심, 중참, 석식, 야참, 야식까지 하루 여덟 끼를 해결해야 되는 드워프들이다.

보급품을 지키는데 드워프 전사들을 일일이 배치할 수 없다. 보급 기지는 광범위하게 흩어져 있기에 드워프조차 모르는 창고가 허다했다.

그랬다. 코볼트들은 드워프 광산에 숨어들어서 원기를 회복하고 있었다.

결국 드워프 광부들이 허기에 지치고 쓰러져 도저히 채굴 작업이 이루어지지 않는 사태가 발생하고 말았다.

대규모 토벌대가 갱도를 토벌했지만 잠시 그때 뿐.

그런 광산이 한두 개가 아니었기에 드워프 경제가 뿌리부터 뒤흔들리고 있었다.

유저와 교류하던 중 코볼트를 사냥하는 고양이가 있다는 소문이 들려왔다.

반신반의하며 그들은 오늘 이 장소에 다다른 것이다.

당연히 미로 같은 갱도에서 코볼트들을 소탕하기엔 '짬 타이가' 같은 특수 고양이는 중요한 동무가 될 수 있다.

풀어놓으면 알아서 사냥하며 돌아다닐 것이다.

나는 흥정이 길어질수록 심심했다. 다른 복면의 드워프들도 따분하긴 마찬가지인가 보다.

애꿎은 바위를 손도끼로 톡톡 때려 기어이 고양이 형상을 만들었다.

역시 대단한 드워프의 손재주.

가만, 초빙해서 영주관 앞에 이 몸을 본뜬 석상을 만들게 할까?

쓸데없는 허영심이 나를 부추겼다. 아서라, 지금 다른 지오는 투쟁과 파괴의 화신으로 화해 격돌하고 있다.

한데 복면의 드워프들 역시 나를 살피고 있는 게 느껴졌다.

전사답게 전사를 알아보는 것인가.

나는 기합을 완전히 뺀 상태다.

저 멀리 모처에서 두 지오가 싸우고 있으니 집중을 분산시킬 여력이 없다.

그래서인가, 드워프 전사들의 눈에 조소가 걸렸다.

흔한 인간 전사로 보일 테지.

복면을 했지만 혈기왕성한 젊은 드워프들이 확실했다.

게다가 수적으로도 저쪽이 우위다. 왠지 불량스럽게 변하고 있다.

내가 주먹을 부르는 거만함이 있지.

미요의 흥정은 교착에 빠진 듯했다.

흥정을 주도하는 복면의 드워프가 팔짱을 끼고 고민에 들자 미요가 내게로 씩씩거리며 돌아왔다.

"흥, 인공지능 주제에 거저먹으려 그래."

"왜?"

"내가 원하는 보물은 드워프 장로조차 접근 권한이 없다는 거야. 대신 단서로 대신하겠다는데 그게 말이 돼?"

"……."

그제야 미요에게 부여한 퀘스트가 다시 생각났다.

보지도 알지도 못하지만, 무려 '대지의 심장' 이다.

고양이와 맞바꿀 급의 물건이 아니다. 퀘스트 자체가 불가능이기에 인공지능 바미조차 통쾌해했다.

미요는 뿌루퉁한 표정으로 바위에 걸터앉았다.

팔짱 낀 드워프와 거리를 두고 앉은 인간 아가씨 사이에 사나운 눈빛 교환이 이어졌다.

…왠지 양심이 찔려왔다.

나의 선택은 간단했다.

검을 뽑아 들었다.

치앙―!!!

경쾌한 울림이 정적을 갈랐다.

그러자 드워프 전사단의 드워프들 역시 침착한 자세로 도끼와 햄머를 가슴에 붙이며 나를 노려보았다.

미요 역시 의아한 눈으로 나의 검을 바라보았다.

어쩌자고? 지켜보시라―!

눈으로 대화를 나누었다.

드워프들의 눈들이 나를 띄엄띄엄 보고 있다. 그럴 테지.

처척, 터억!

이어 내가 든 검을 바라보는 눈엔 조소가 맺혀 있다. 아니, 조롱에 가깝다.

그것도 검이냐?! 라는.

검의 무게에 아찔한 현기증이 몰려왔다.

이 검은 겉보기처럼 평범한 검이 아니다.

유저 사회의 인간 드워프 헉스가 만든 명품검에 날은 일단 이 마력을 부여해 세웠다. 게다가 손잡이 끝에 박힌 보주는 오우거 로드의 왕관에서 뽑은 이름 모를 보석이다.

바미안의 영주에게 어울리는 검이기에 앙숙인 둘이 힘을 합쳐 만든 무구 중 하나!

스응― 바람 한줄기가 검면을 타고 지나갔다. 아니, 통과했다.

검면에 햇빛을 담자 검이 빛에 녹아 내렸다.

아스라한 윤곽만 남았다.

헛―!

조소가 맺힌 드워프들의 눈이 경악으로 물들며 한 걸음씩 물러났다.

오해는 마시라, 똥자루들이 목표가 아니다.

가차없이 검을 휘둘러 상자를 내리쳤다.

우직, 빠각—!

니앙—!!

부서진 상자를 통해 놀란 고양이들이 포탄처럼 뛰쳐나갔
다.

나의 갑작스러운 행동에 놀란 것은 미요도 마찬가지다.

커다란 비취색 눈이 휘둥그레져서 멍하니 보고 있다. 산으
로 숲으로 달아나는 짬 타이가…….

미요를 대신해 드워프들이 급했다.

"무슨 짓이야?! 인간 전사?"

"안 돼?!!"

"미친 거 아냐?!"

미치긴 미쳤지.

*　　*　　*

"잠깐, 중지. 그만."

흥정을 주관하던 드워프가 급히 팔짱을 풀고 미요 앞으로
달려왔다.

"더 제안할 게 있어. 그러니 이럴 필요 없다고—!"

다급함이 역력했다.

이미 반 이상의 짬 타이가가 숲으로 사라진 다음이었다.

나는 검을 든 자세로 멈추었고 미요가 눈을 빛내며 오만한 웃음을 흘렸다.

"흐훙."

그리고 나를 향해 눈을 찡긋했다.

내가 드워프들과 흥정해 봐서 안다.

아니 인공지능과 대화할 때 철칙이라는 게 있다.

그렇다. 일단 한계 상황으로 몰아야 다음 논리로 인공지능이 돌아가는 것이다.

필요한 것을 얻지 못할 수 있다!

극한의 흥정수이리라.

"결정할 권한이 내게 없어. 이건 부인할 수 없는 사실이야. 대신 장로와의 만남을 책임지고 주선할 용의는 있어."

"흐훙, 외유 중인 드워프 장로들의 소재는 누구도 모른다면서요?"

"그 또한 사실이다. 하나 내가 그 장로 중 한 명의… 손자라면?"

드워프 전사단에서 아쉬운 한숨이 흘러나왔다.

＊　　　＊　　　＊

드워프 전사단과 이동 중이다.

등이 가볍다. 남은 짬 타이가가 드워프 전사단에게 바로 넘겨져서다.

물론 보증의 증표로 암거래를 주관한 드워프의 이름과 전사단의 유력한 전사들의 명단을 확보했다.

드워프에게, 아니, 인공지능에게는 이름이 그 존재 의미다.

드워프들은 그사이에 남은 짬 타이가에게 이름을 전부 부여했다.

뭉실이, 덩실이, 둥실이, 동실이, 뭐 이런 식으로.

이름에서 느꼈겠지만 짬 타이가들은 개냥이가 아니라 돼냥이들이었다.

미요는 그제야 나의 행동을 나무라기 시작했다.

"열일곱 마리나 달아났다고?!"

"떠돌다가 바미안으로 돌아올 거야. 도시를 떠나선 살 수 없는 놈들이잖아."

"흥, 뭐든지 다 알고 있는 어투하고는. 잘 났어, 정말!"

"예이, 여왕님. 이 모든 것은 여왕님이 이끌어 주셔서 가능한 일입니다."

"흐흥, 알긴 아는군."

"……."

바로 인정하기냐?!

그때였다.

"인간 전사? 그 검은 어디서 난 거지?"

목소리 끝에 오만함이 걸려 있는 미요랑 대화를 나누었던 드워프였다. 이름이 무지 길었는데 줄여 출랑카로 부르기로 했다.

퉁명하게 대답했다.

"바미안의 유저들이 만들었지. 뭐, 이 정도 검은 양산품이라 자랑할 만한 것조차 못 돼."

"그렇게 보이더군. 소모품인… 마법검이라 이건가?"

출랑카의 말에 다른 드워프들이 고개를 끄덕이며 조소를 보냈다.

"유저들은 마법검을 좋아하는가 보군. 전사라면 모름지기 마법검 따위는 사용치 않아."

"유저인 전사들의 기량을 알 만해."

"그래도 바람이 통과하고 빛에 녹아드는 마법검을 만든 유저인들의 마법 지식은 경의야."

"흥, 그래도 영원할 수 없는 마법검. 자손에게 과연 유산으로 전해질 수 있을까?"

마법검 아니거든?!

똥짜루들이 은근히 신경을 긁어왔다.

여하튼 나에게 말은 건 진짜 이유는 이 말을 하고 싶어서였다.

"곧, 공간 게이트를 이용해야 하는데 인간 전사의 호위는 여기까지 허용한다."

"응?"

"당연히 일족의 비밀이다! 비밀 장소는 적게 알면 알수록 좋은 것이니 이해하리라 본다. 마법검을 사용하는 인간 전사."

출랑카가 선 긋듯 말했다.

"에에―! 그런 게 어딨어?! 귀부인은 호위 기사 없이 움직이지 않는다고?!"

미요가 발끈했다.

하나,

"그건 어디까지나 유저의 관습이다. 대지 일족에게 유저의 습속을 강요치 말라."

"으으."

"갈 거냐, 말 거냐? 결정은 그쪽에 달렸다."

나는 어깨를 으쓱하며 미요에게 모험을 떠나보라고 권했다.

어쨌든 퀘스트 자체가 미요 단독 실행 아니던가.

드워프들이 거래의 대상으로 인정한 것도 미요 혼자다.

…….

잠시 고민에 드는 미요였다. 비취색 눈이 반짝였다.

"…우씨, 안 가―!"

너무도 간단히 결정하는 미요다.

?!!!?

오히려 당황한 것은 드워프들이었다.

그렇게 집요하게 물고 늘어지더니 나 없이는 가지 않겠다
고 하니 '대지의 심장' 보다 내가 그만큼 소중한 존재인지 감
별의 눈으로 살피기 시작했다.

나도 당황스럽다.

정보를 얻는 수순인데 내가 없어도 되잖은가?!

"이 똥짜루들이 간만의 데이트를 망치려 들어?! 흥, 대지의
심장인지 뭔지 코볼트 따위에게나 줘버려라."

악담을 퍼부었다.

어이, 자칭 귀부인이라며?

하긴 이 정도 같이 다녀선 화해한 것 같은 느낌이 부족하긴
하지.

왠지 감동 먹는 느낌이 들어 미요 곁에 다가가 손을 잡았
다.

"흥, 그렇다고 내가 널 용서한 건 아냐."

하나 말에 자신이 없다.

그녀와 난 체온이 같다.

한 쌍의 완벽한 바퀴벌레라고?

그래, 부러우면 지는 거야.

띠링띠링—

아하, 그렇군.
이 오만한 드워프 전사단은 그 자체가 솔로 부대임이라.

주르륵 메시지 창이 올라왔다.
역시 최초라는 게 이래서 좋은 거다. 혜택이 우수수 쏟아져
들어왔다.
한데 이거 먹고 떨어지라 이건가?
…앗!

이건… 세상에?! 여행사 협찬 상품에 당첨되었다.

이건 언제 응모한 거야?

중요한 건 이게 아니다.

…3박 4일 제주도 여행 상품권…….

항공권에 6성급 호텔 숙박권에다 요트 승선권까지……. 럭
셔리 신혼여행 상품이 아닌가.

3박 4일, 이것은… 사고 치란 말?

우리 둘은 손만 잡고 자도 임신하는 청춘이다.

응? 손만 잡고 자는데 어떻게 임신이 되냐고?

무슨 소리—?! 내가 그 증거다.

충분히 가능하다.

아, 이게 중요한 게 아니지.

미요도 당황한 눈치다. 내 눈치를 어울리지 않게 살피며 발
끝만 노려본다.

얼굴이 벌겋게 익었다. 마주 잡은 체온이 뜨겁다.

나에게도 위기다. 현실의 여인이라니…….

누가 찬물 좀 끼얹어 줘, 나 타들어 가고 있다고.

"커흠. 싫어하다가도 이렇게 뜨거워지니. 그래서 인간들의
결합은 이해불가라 했던가."

화들짝 떨어지는 미요와 나.

간신히 위기 탈출!

3초 간이었지만 3년 같았다.

미요는 출랑카를 사납게 노려보았다.

달콤한 상상을 방해한 원수로 생각하는가 보다.

여하튼 미요가 의외로 완강하게 나오니 출랑카는 고민하는 눈치다.

"음… 이거야 원."

열세 마리의 짬 타이가로는 광산 하나를 커버하기 어렵다.

"일족에게 원칙이라는 게 있소. 하나 정 그러면, 호위 기사의 무장을 해제한 채 간다면 고려해 보겠소이다."

출랑카의 눈은 나에게 향했다.

미요가 모험을 포기하려 한 마당에 무기쯤이야.

출랑카의 말이 끝나기도 전에 나는 이미 검대를 풀고 있었다.

출랑카에게 검대째로 던졌다, 정말 흔한 물건이라는 듯이.

"유저 전사는 무기에 대한 존경심이 형편없군."

"마법검에 의지하니 긍지란 게 있을 리 없지."

드워프들이 괜히 툴툴거렸다.

종족은 다르지만 솔로 부대의 비애가 느껴졌다.

그들의 말이 맞을지 모른다. 하나 미요의 의지에 비하면 존경이고 긍지고 무슨 소용 있으랴.

터억―!

"헉! 뭐야? 이 부피에 이런 무게라니……."

출랑카는 검을 두 손으로 들고 비틀비틀 중심을 잡지 못하고 끙끙 거렸다. 그리고 기어이 땅에 내려놓고 말았다.

중량 초과로 역기를 놓쳐 버린 역도 선수 같이 낭패한 얼굴이었다.

"헉헉… 이건 마법검이 아니야. 뭐지, 이건?"

주인이 아니니 그런 게 아니다. 오직 동화율로 들어 올려야 들리고 뽑히는 검이다.

땅에 떨어진 검이 분노로 부르르 떨었다.

Item

무기명:군주의 검.

"이는 우리의 충성의 증표!"

"빛이여, 이 검에 임해 우리 군주를 위해 지혜의 빛을 밝혀라—!"

가신단의 핵심 인물 두 사람이 의기투합해 자신들의 군주에게 봉헌한 검.

무능한 자는 이 검을 들 수도, 뽑을 수도 없다.

군주의 동화율에 연동해 그 지닌 바 능력이 빛을 발한다.

…….

그렇다. 괜히 군주의 검이란 명칭이 붙은 게 아니다.

검을 받아든 출랑카가 얼굴이 파래지면서까지 당황해하자 드워프 전사단이 모여들어 검을 살펴보기 시작했다.

“…우리는 그저 유저인들의 고유 기술이 궁금할 따름이다.”

그러시던가.

세공이 일체 배제된 검은 정말 양산품 같은 흔한 외형이다.

전사 중 하나가 달라붙었다.

“검이 뽑히지 않아.”

“마법검이 아닌데 왜?”

마법검이 아님을 이제야 확인했음이라.

나는 그들에게 다가가 검을 뽑았다.

자, 이것이 유저의 능력이시다—!

치이— 잉—!!!

맑은 울림이 울리며 검이 장난처럼 뽑혔다.

휘둥그레져 하는 드워프 앞에 검을 들이밀자 탐구심으로 불타는 드워프들이 검을 요모조모 살피기 시작했다.

살며시 놓자 세 명이 붙어 검을 받쳤다.

“헛!” “헉!” “으업.”

다들 이마에 힘줄이 툭툭 불거졌다.

내가 주인이라 무게가 가벼운 게 아니다. 타르타로스의 검이 아닌 다른 검이 매서커의 오러를 견디려면 이 정도로 중량의 압축이 필요했다.

드워프들은 그제야 검을 보고 나를 보기를 반복하기 시작했다.

으쓱.

그들은 사실 고양이가 무거운 게 아니고 이 검이 무거웠다.

경이로운 눈은 다시 검으로 향했다. 다들 검신을 쓰다듬어 감정에 들기 시작했다.

…….

검신 어디에도 마법 문양이 새겨져 있지 않다.

"이럴 수가!"

이어 부릅뜨는 눈!

앗—!!!

경악의 탄성이 동시에 드워프들의 입에서 흘러나왔다.

"이, 이건—?! 믿을 수 없어!"

"아냐, 아냐… 이런 게 양산품이라니. 불을 먹이지 않고 정련된 금속이 있을 수 있다니. 믿을 수 없어?!!"

거의 경악한 외침이다.

그랬다. 일반적인 검과는 결정적인 차이점이 있었다.

검의 재료는 바로 금속수다.

변환된 금속수를 두들겨 검신을 만들었기에 불의 기운이 전혀 닿지 않았다.

드워프들이 그 점을 알아본 것이다.

"으으, 날에 부여된 마력은 어떻고? 장로들조차 이런 마력을 부여할 수 없어."

아크 메이지 일단의 마력에 강철거인의 마나 제너레이터

가 거들어 마력을 증폭시켰다.

후후, 괜히 光劍이 아니다.

빛의 검은 빛을 먹는다. 그리고 어둠 속에서 그 빛을 발한다.

"아아, 유저인들의 기술이 이 정도까지 발전했다니……."

전부 금속수에 기인함을 알면 어떤 반응을 보일지 궁금하군.

금속수를 변형시키는 것은 유저의 성향과 능력에 결정된다.

기억할 것이다. 큰곰이 부여한 일천한 마력과 천박한 성향으로 그저 평범한 황토로 변한 금속수를.

이 검을 이루고 있는 금속엔 우우가 변형시킨 마법 금속이 스며들어 있다.

"…게다가 이를 장난처럼 다루는 유저인 전사는 뭐란 말인가? 이게 양산품이라면 그런 전사들도 흔하다는 거잖아?"

…….

싸늘한 정적이 흘렀다.

드워프들의 넓은 어깨 폭이 아이들처럼 오그라든 듯 보였다.

한데 이들의 놀라움은 이제부터였다.

"이럴 수가—!"

출랑카의 이번 경악성은 비명에 가까웠다. 그리고 그는 주저앉아 버렸다.

"대장? 왜 그래?"

출량카는 지금까지 막 살펴보던 검을 조심스럽게 같이 받쳐 세웠다. 검이 땅에 꽂히며 손잡이 끝에 박힌 보석이 모두의 눈높이에 맞추어졌다.

"아아—!!!"

일시에 드워프들의 입에서 찬탄성이 토해져 나왔다.

응? 보석이 뭐가 문제지?

보석, 오우거 로드의 왕관에 박힌 보석이다. 헉스도 파악하지 못한 보석으로 나는 그저 타군자로서 전리품을 자랑할 겸, 무엇보다도 크기가 적정해서 손잡이 폼멜 장식에 박아 넣었다. 크기는 탁구공만 한데 자세히 보면 무수한 다면의 커팅이 이루어져 있다.

구처럼 보이는 다면체였다.

그 다면의 커팅에 드워프들이 지금 자지러지고 있는 것이다.

"만약 이게 그 물건이라면… 대지 일족의 영광을 다시 재현할 수 있을지도."

"이 보석은 사라진 '대지의 눈'일 가능성이 크다."

"반드시 장로님과 족장님에게 알려야 해."

드워프들은 검을 조심스럽게 검집에 결합시켰다.

그리고 다섯 명이 조심스럽게 들어 내게 가져왔다.

"당신을 정식으로 초대하고 싶습니다."

츨랑카의 태도는 공손에 가까웠다.

차라라라라랑—

Quest

대지 일족의 초대.

당신은 당신의 능력을 드워프 전사들에게 깊이 각인시켰습니다.

검에 박힌 '대지의 눈'일 가능성이 높은 보석은 대지 일족의 잃어버린 보물일 수 있습니다.

드워프 전사들은 이를 자신들의 장로들이 감정하기를 원합니다.

초대에 응하겠습니까?

마다할 이유가 없다.

이 보석이 '대지의 눈' 이란 말이군. 그럼 대지의 심장과도 연관이 있을 터이다.

나는 고개를 끄덕이며 검대를 허리에 가볍게 걸쳤다.

미요가 내 어깨에 턱을 걸쳤다.

"에게, 이 칙칙한 보석이 중요한 보석이었어? 줄 때 받아둘걸."

그랬다. 미요에게 선물했는데 색과 투명도가 칙칙하다고

퇴짜 맞은 보석이 바로 이 녀석이다.

그때 일이 생각나자 피식 웃음이 나왔다.

그녀는 더 값진 걸 내놓으라고 윽박질렀다.

어깨에 붙은 미요의 숨결이 간지럽다.

알았다고!

나는 보석을 손잡이에서 뽑아 미요의 손에 꼭 쥐어 주었다.

"아⋯⋯."

드워프들은 커다란 눈을 하고 숨을 금붕어처럼 뻐끔거렸
다.

저렇게 간단하게 건네질 물건이 아니기에.

미요는 격하게 감동받은 눈치다. 긴 속눈썹이 파르르 떨리
며 촉촉하게 젖었다.

나는 미요의 귀에 입을 붙이고 미안한 어투로 조심스럽게
말했다.

"부탁인데, 여행권은 내게 넘겨주면 안 될까? 부모님 효도
관광 보내 드리고 싶어서 그래."

"⋯⋯."

달콤하고 몽롱한 눈으로 지금까지 나를 바라보던 미요의
비취색 눈이 사납게 치켜 올라갔다.

콧구멍이 발씸발씸.

미요는 보석을 꼭 쥐었다.

그런 그녀를 중심으로 탁한 비취색 오라가 넘실넘실 피어

올랐다.

아얏, 이것은 단 한 번도 본 적 없는 아우라!

위험하다—!!!

"이익, 너만 부모 있냐?!"

"…그, 그러니까."

"나도 부모 있다! 야이, 못된 놈아—!!"

"……."

내가 왜 이렇게 위축되지…….

"내 순정 돌려도—!!!"

"협."

…설마 정말로 3박 4일을……? 이런 재수가!

번복할 기회는 주어지지 않았다.

미요는 주먹에 쥔 보석을 나를 향해 냅다 집어 던졌다.

따악—!

뜨허헉!!! 둔탁한 격타음 이전에 불이 번쩍하며 골이 흔들렸다.

보석이 이마에 박혀 빠져나올 생각을 하지 않고 있다.

이것이 동화율이 실린 폭행의 위력이리라.

우리한 통증이 30초 간이나 이었다.

이마 정중앙에 박힌 보석은 혹에 밀려 내 발치에 떨어져 내렸다.

데구그르르르르르—

순간 보석의 행방을 놓고 숨을 죽이던 드워프들이 뒤로 넘어갔다.

그리고 입에 맥주 거품을 물었다.

쏟아지는 포인트, 포인트…….

…….

이건… 맞아도 성장한다는 그 불길한 전조?

쓰읍, 맞아도 싸지.

미요의 기대를 또 짓밟았다.

…이러려고 한 게 아닌데.

하나 현실의 미요를 감당하지 못할 이유가 또 하나가 생겼다.

폭력을 동반한 사랑은 사양이라능(우우 버전).

쏟아지는 포인트에 미요도 허탈한가 보다. 미요가 하늘을

향해 울부짖었다. 이것은 인간 서방에 배신당한 천년 먹은 여
우의 절규와도 같은 울부짖음.

　내 순정 돌리도—!!!

Act 10
막 오른 부조리극

機甲戰記
Massacre
기갑전기 매서커

망토를 휘날리며 달렸다. 단 한 번의 도약만으로 12미터를 주파했다.

힘을 개방했다.

"나의 의지는 무겁고 어둡다―!"

영창하며 '팬텀으로 몰입하기'를 시작했다.

피의 권능이 발휘되며 불길한 붉은 안개가 망토 뒤로 피어 났다.

처음엔 알아보기 힘들 정도였다. 어린아이가 떠는 것 같이 흔들렸다. 하나 곧… 파도처럼 꿈틀거리며 좌우로 맹렬히 펼 쳐졌다.

푸홧―!!!

동맥이 터져 뿜어져 나오는 피 같이 안개의 농도는 점점 짙어지며 영역을 확장했다.

불길하다면 불길하고 혐오스럽다면 혐오스럽게.

이 모든 변이의 시발점은 펄럭이는 망토였다.

등 뒤로 팬텀의 위력을 기대하는 유저들의 환호가 울려 퍼졌다.

거대 쇳덩어리에 눌린 억울함이 배어 있음이라.

짙은 피안개의 파도 안에 팬텀의 모습이 잠겼다. 바로 그 자신이 피안개로 흩어진 것 같이.

불길한 안개가 해일 같은 기세로 덮쳐 들어왔다.

그런 팬텀을 바라보는 이는 또 하나의 나인 오르골 골렘.

내가 나를 오르골로 칭하고 있다니… 여하튼.

…제법 겁나잖아.

내가 연출한 걸출한 나의 모습이라 하는 말이 아니다.

쌍절검을 휘둘러 여덟 기의 새로운 드론을 깨웠다.

이번 드론은 정성을 기울여 체구에서부터 장갑까지 기존 드론보다 뛰어나게 구성했다.

장갑이 증식하며 걷는 걸음걸음에 박력을 듬뿍 실었다.

오―!

새로운 드론의 모습이 예사롭지 않자 유저들의 솔직한 ·반

웅이었다.

강철거인의 외형에 근접한 형태이기에.

후후. 내가 나를 대함에 있어 최선을 다해야 하지 않을까?

그러나 대지를 뒤덮어 오는 붉은 안개에 비하면 여덟 기의 드론은 왠지 부족한 느낌.

제대로 된 그림을 연출하기 위해 64기의 드론을 일거에 일으켜 세웠다.

기어가 사납게 비틀려 돌았다. 꾸워어어어어어어엌―!!!

불길한 유백색 철벽이 움직이는 듯한 박력이 일시에 터져 나왔다.

마치 호적수를 알아보는 것 같이, 오직 너만이 나의 상대라는 듯이…….

자연 유저들 사이에 경악성이 합창이 되어 울렸다.

오르골 골렘이 팬텀, 이 단 한 사람을 더 위협으로 여기고 있다는 증거가 아니고 무엇이랴.

지금까지 전투를 조용히 관전하던 우우가 두 손을 모았다.

응?

분위기가 변해 있다.

기적사로 전직한 우우의 미모는 적응하기가 두려울 지경이다.

풍성한 흑갈색 곱슬머리에 특유의 라벤다 색 눈을 반짝이며 우우가 말했다.

"우우, 가면의 남자가 달려오고 있어. 그, 그런데… 내가 왜? 두근거리죠?"

…나니까.

우우는 굉장히 혼란스러운 얼굴로 안절부절이다.

나의 기운을 읽고 알아챈다.

그렇다. 이것이 우우의 놀라운 점이리라.

"우웃, 그, 그리고 방어막이 쳐지지가 않아……. 자꾸 풀려."

!

무서운 본능이다.

나이기에 나의 접근을 막을 수가 없음이다.

내가 말을 못하는 게 이럴 땐 다행이랄까.

기어를 두 번 삐걱거리는 것으로 걱정 말라는 뜻을 전달했다.

그럼에도 우우는 고개를 흔들며 두 손을 모아 빛의 장막을 키우려는 집중에 들어갔다.

모은 두 손이 바들바들 떨고 있다.

머리 뒤 무지개 빛의 고리가 급박하게 명멸을 반복했다.

그렇게 혼란과 두근거림으로 안절부절못했다.

기어 골렘으로 변한 나를 알아본 우우다. 가면 속의 남자를 못 알아볼 리 없다. 당연한 혼란스러우리라.

말 그대로 자신과의 싸움이다.

지금까지 드론을 이용해 우우가 능력을 발휘할 기회는 없었다.

그리고 그런 전투를 이어나가야 한다.

우우의 상태가 심상치가 않았다.

"…우웃, 저 남자의 정체는 악마에욧─!"

…….

헛, 들켰다!

괜히 미안해지게 만드네.

*　　　*　　　*

붉은 피안개와 드론 군단이 일으킨 회색 분진이 충돌했다.

그렇게 보였지만 피안개가 드론 군단을 집어삼킨 것처럼 보였다.

안개와 강철, 당연히 무음의 충돌이다

여기까지.

시야를 충분히 가렸다고 생각하자 나는 드론의 기동을 정지시켰다.

그렇다. 72기의 강철거인을 다를 수 있는 동화율에 한계가 여기까지다. 동시에 피안개까지 유지해야 하고.

실제 팬텀이 이 광대한 장막을 유지하는 것조차 버거운 일
이다.

괜히 한다 하는 유저들이 감탄하는 게 아니다.

오르골 골렘으로 드론을 조종하는 능력도 마찬가지다.

안개를 유지한 채 오직 한 기의 드론에 의식을 집중했다.

다른 드론들은 가을볕 한가한 허수아비처럼 멈춘 상태로
유지, 의식이 집중된 한 기의 드론으로 옆에 멈춘 드론을 의
심없이 베었다.

콰광―!

검에 가격당한 드론이 폭음을 터뜨리며 무너져 내렸다.

오옷―!

멀리 유저들이 귀를 쫑긋 세우는 게 보였다.

으르렁거리는 파열음에 피안개 속에서 격렬한 싸움이 진
행되고 있다고 상상하는 것이리라.

그런 착각과 망상을 자아낼 음향 효과를 배출했다.

한 기의 드론으로 정지한 채 목을 길게 내민 드론들의 목을
뎅강뎅강 잘라 버렸다.

큰곰이들이 회수해서 쓸 수 있도록 깔끔하게.

그렇게 거친 파찰음을 과장되게 만들어내며 하는 일은 너
무도 허무할 정도로 간단하다.

영문 알길 없는 우우는 여전히 안절부절못하는 반면 저 먼
반대편 유저들의 반응은 들떠 있는 게 느껴질 정도.

한데 우우가 이를 위기라고 느꼈음인가.

"우우, 안개 따위에 질 수 없어―!"

우우의 머리 뒤 무지개 빛 고리가 선명하게 자리를 잡기 시작했다.

어이, 그렇게 용쓰지 않아도 되거든?

아뿔싸, 그거다!

가면의 남자가 보이지 않으니 힘을 찾는 것이었다.

우우가 안개를 걷어버리기라도 한다면 발각되고 만다.

다급했다.

자신은 선의로 하는 노력이지만 결과는 연극을 방해하는 민폐다.

우우를 중심으로 어떤 의미에선 사랑과 신뢰로 충만한 무지개 빛이 번져 나가기 시작했다.

오르골 골렘의 유백색 장갑에 증폭된 무지개 빛이 피안개에 닿았다.

스스스스스스스스스스스스숫―.

빛에 닿은 붉은 안개가 타들어 갔다.

!

피안개는 살아 있는 생명체처럼 움찔하는 식으로 물러났다.

살충제에 노출된 바퀴벌레 같은 비굴함이라.

이에 팬텀의 메시지가 가소롭다는 듯 보고해 왔다.

제기랄?! 그걸 누가 모르냐?!

"우우, 된다! 효과가 있어. 지오님 버텨요. 힘내라능—!"

야이, 민폐 절정 같으니라고?!

그래, 넌 누가 무어라 하든 기적사(奇績師)가 아닌 민폐사(民弊師)야!

무지개 빛은 덧없이 강렬하게 번져 나와 핏빛 안개를 무참하게 태웠다.

*　　　*　　　*

스스스스스스스스스슷—!!!

아침 햇살 같은 빛에 닿은 안개가 핏방울로 뭉쳐 대지에 뚝뚝 떨어져 내렸다.

회백색 대지에 혐오스러운 피 웅덩이가 생겨나기 시작했다.

안타까운 한숨이 유저들 사이에서 울려 퍼졌다.

그렇게 장막을 드리운 채 그 안에서 연극을 마무리하려는 계획은 무참하게 붕괴되어 갔다.

장미에게 절대 좋은 그림을 제공하지 않으려 한 것 역시 무산되었다.

무지개 빛이 피안개를 전부 태우기 전에 드론들을 전부 처단해야 한다.

다급한 가운데 검을 든 드론의 움직임이 급해졌다.

규칙적인 파열음이 불규칙하게 바뀌었고 급한 김에 걸어차 넘어뜨리는 것으로 대신했다.

곧 팽창의 팽창을 거듭한 빛이 연극의 한복판을 고스란히 드러낼 순간이 시시각각 다가오고 있었다.

그때였다.

샤루루루루룻.

유저의 진영에서 흑회색의 빛이 날아와 무지개 빛과 충돌했다.

빠스스슷—!

두 빛 모두 물리력이 담긴 에너지가 전혀 아님에도 귀가 아리는 충돌음을 토해냈다.

환한 무지개 빛이 회색 머금은 검은 어둠에 점점이 물들었다.

대낮에 어둠이 불꽃놀이 형상으로 만들어지는 것이 이럴까.

축복사 유브였다. 저주사 큐브인가? …여하튼.

그렇게 기적과 축복이 충돌했다.

약간 시간을 번 것 같았지만 큐브의 참견은 불쾌한 사건이었다.

역시 말을 듣지 않고 자기 멋대로 나선 것이잖은가.

한쪽은 여전히 눈치없고 다른 한쪽 역시 여전히 묻어가려 함이다.

기적과 축복의 에너지가 충돌하며 피안개를 흩어 놓았다.

간신히 분노를 추슬러 팬텀에 집중했다. 흩어지려는 안개를 드론의 도살 지역에 끌어 모았다.

헉헉, 뒷목이 뻐근한 것이 극심한 피로가 몰려왔다.

지금 몇 개의 캐릭을 돌리는지 모르겠다.

왜 다들 나를 못 잡아먹어 난리들인가.

꽈릉—!!!

다시 한 번 대기 중에 두 가지 상반된 정신 에너지가 크게 충돌하며 무수한 빛의 파편이 대기 중으로 비산했다.

기적이든 축복이든 플러스적 정신 에너지다.

팬텀이 가진 에너지는… 기본적으로 절망에 기초한 마이너스 에너지다.

당연히 빛의 파편이 떨어져 내리자 피안개 곳곳에 구멍이 숭숭 뚫려 나갔다.

연극의 1막은 이것으로 마칠 때가 된 것이다.

한 기의 드론에 집중된 의식을 끊어버렸다. 대신 나머지 멀쩡한 드론들에 동화율을 양껏 밀어 넣었다.

꽈광—!!! 꽈광!

연속 폭발이 피안개 속에서 생겨났다.

이는 전형적인 자폭음이었다.

그렇게 옅어지고 공백을 드러낸 대지에 한 기의 드론과 너부러진 드론들의 잔해가 어지럽게 흩어져 있는 그림이 드러났다.

그리고 그 거인의 잔해 가운데 팬텀의 자태가 언뜻언뜻 보였다.

팬텀이 이리 뛰고 저리 뛰는 순서대로 드론의 자폭이 이어졌다.

팬텀이 모종의 스킬로 드론들의 자폭을 유도하는 것처럼 보이는 그림이리라.

나는 팬텀에 집중했다.

그리고 멈춘 드론을 향해 달려갔다.

망토 안의 공간에서 타르타로스의 검을 빼어 들었다.

검을 손에 들자 동화율이 보정되어 뜨거운 뇌 속에 찬바람을 불어넣었다.

등 뒤 탑승구를 열고 스며들었다.

다른 유저들 같으면 당연히 자폭을 할 것 같은 그림이지만 자폭은 없었다.

나는 타르타로스의 검을 조종관 중앙에 밀어 넣었다.

컨트롤러를 제압!

익히 접했고 아는 메시지들이 주르륵 올라왔다.

거거거거거거거걱―!

탑승한 기어 골렘의 내부가 요동쳤다.

기어가 재배치되고 기능이 정지되어 있던 마나 엔진과 펌프, 그리고 컨트롤러들이 재구축되고 활성화되었다.

무인 기어 골렘, 드론이 탑승형 강철거인으로 전환된 것이다.

오르골 골렘에 부정적인 의견이 쇄도했지만 짜고 치는 고스톱인 상황이니 무시했다.

놀라운 광경이 이어졌다.

팬텀이 점거한 유백색 드론의 외관이 변했다.

크기와 장갑 형태는 그대로인데 외장갑 도색이 피안개 같이 불길한 적색을 띠기 시작한 것이다.

이제부터 나는 적이다! 를 강변하는 듯.

당연히 이를 지켜본 유저들의 술렁임이 절정을 치달았다.

한 괴짜가 나타나 기어 골렘의 부서진 잔해에서 부속을 조합해 만든 적은 있다. 어설픈 유저 손에 넘어가 오르골에 가뿐히 파괴되었지만 유적 지대에 대한 유저들의 욕망을 자극한 계기가 되었다.

하나 처음으로 유적 지대의 완전한 드론을 탈취해 강철거인의 소유자가 나타난 것은 팬텀이 최초이다.

붉게 변한 검을 들어 근처에 자리한 드론을 베어 넘겼다.

쓰텅—!

경쾌한 느낌이 좋다.

물론 강철거인을 처음 탄 유저가 보일 수 없는 베기 능력이리라.

매서커 캐릭들이 체험한 느낌이 팬텀이라고 다르지 않다.

동화율을 보정하는 무수한 메시지가 주르륵 올라왔다.

찬가를 들으며 오르골 골렘을 향해 달려나갔다.

체적 차이가 엄청나지만 지금은 풍차를 향해 돌진하는 돈키호테 역할이 내 역이다.

와장창— 쿠당!!

거치적거리는 잔해를 발로 걷어차며 양껏 폭력성을 드러내는 것을 잊지 않았다.

과연 이 전체 과정 가운데 의심스러운 점을 찾을 유저가 몇이나 될까.

…연극의 제2막이 열린 것이다.

나는 오르골 골렘으로 여덟 기의 드론을 깨워내 팬텀이 탑승한 골렘을 요격하도록 출격시켰다.

하나 곧 붉은 강철거인의 검에 여덟 기의 드론이 그림 같은 자세로 베여 차곡차곡 대지에 쓰러졌다.

드론들이 쓰러지며 자폭했고 그 파편 더미를 헤치며 다음 상대를 찾아 이동했다.

1초를 잘게잘게 썰어 액션씬을 완성했다.

이 정도 집중이면 내일 아침 세면대에 코피를 쏟을 게 뻔했다.

폭음과 뿌연 파편 분진을 헤치며 나아가는 붉은 강철거인의 모습은 내가 연출했지만 그림 같은 장면의 연속이었다.

붉은 검을 치켜들어 자세를 잡은 채로 멈추었다.

붉은 안개가 깔린 드론들의 파편 위에 서 있는 모습은 전장에 우뚝 선 영웅 그 자체.

그렇다. 팬텀은 연기의 달인! 강철거인 안이라고 못할 리 없다.

"이에―!!!"

"우와―!!!"

유저들이 광분하며 팬텀을 연호하기 시작했다.

팬텀! 팬텀― 팬텀! 팬텀!! 팬텀!!!

狂 자를 붙일 만하다.

그런 뜨거운 연호에 오르골 골렘으로 호응할 뻔했다.

Act 11
기적과 축복 사이

機甲戰記
Massacre
기갑전기 매서커

우우는 호적수를 만났다.

기적이냐, 축복이냐를 놓고 두 개념이 충돌했다.

찬란한 무지개 빛과 회색 머금은 검은 빛이 서로의 영역을 침범하고 오염시키며 공간을 요란하게 수놓았다.

생각보다 우우가 선전하고 있다.

팬텀의 모습이 강철거인 속으로 사라진 뒤부터는 차근차근 침범당했던 자신의 영역을 되찾아 갔다.

내가 우우를 과소평가했다.

아무튼 둘은 특유의 빛을 매개로 '전장의 여신' 자리를 놓고 다투는 것 같았다.

나는 누구 편을 들어주어야 하나?

오르골 골렘에서 해방된 메이지 지오를 원한다면 큐브를 응원해야 한다. 반면 우우를 지키려면 또 하나의 나인 팬텀을 저지해야 한다.

지금까지 시나리오에서 그리 동떨어진 상황은 아니다.

우우가 물러나고 대공세에 노출된 오르골 골렘에 쓰러지고 팬텀이 나서 언약의 사슬을 끊으면 되는 것이다. 멋지게, 뽀대있게.

한데 우우는 간절히 기도하는 자세로 큐브가 발하는 빛을 분쇄해 나가고 있다. 간절히 고귀하고 절박하게 숭고하다.

게다가 노래라도 부르기 시작하면 나는… 감당할 수 없다.

!

…그렇군, 오르골 반주로 호응하지 않으면 되는 거다.

그러면 나의 시나리오를 완성할 수 있으리라.

하나 도저히 자신없다.

저런 우우를 배신할 엄두가 나지 않았다.

그래, 갈등은 나에게 어울리지 않는다.

기세가 쏠리는 쪽으로 정하는 거다.

그리고 기세는 돈이 걸린 쪽이다.

벙어리 쇳덩이 금생도 그럭저럭 이력이 붙었다.

…부인할수록 내 마음이 우우에게 기울고 있음의 증거였다.

그때였다.

우와―!!! 우워워워워웍―!!!

성전기사단이 함성을 지르며 달려왔다.

성전기사단뿐만 아니다. 다른 공대의 유저들도 달려왔다.

?

뭔가 통제가 풀린 듯한 느낌.

유저들의 눈은 지금 탐욕으로 물들어 있다.

그들이 노리는 것은 걷어차여 뻗어버린 드론들이었다.

오르골은 팬텀을 주시하고 있고 결계는 결계가 상대하고 있다.

유저를 받아들이면 바로 강철거인으로 살아날 수 있는 상태 좋은 기체들이 널려 있다. 팔다리가 너덜거리고 잘려 있어도 수리해 쓸 수 있다.

그랬다. 전투가 목적이 아니다.

저들의 목표는 노획!

목만 잘린 드론들을 일일이 검색해 다시 살려 자폭을 명하기엔 뒤죽박죽으로 엉겨 있다.

멋진 그림을 만드는 것은 좋았지만 과했다.

문제는 성전기사단과 유저들의 머리 위로 밝은 묵(墨) 빛 덩어리가 떨어져 내리고 있다는 것이었다. 큐브가 발한 축복(버퍼)이었다.

허공에서의 빛의 다툼이 지지부진하자 다른 쪽으로 전투

를 전환하려 함이다.

버퍼를 받아들인 유저들의 신체와 방패와 무기에 묵 빛이 드리워졌다.

우워어어어어어어─!!

버퍼를 받아들인 유저들이 괴성을 지르며 환호했다.

단순한 고릴라 같으니라고.

우우 역시 가만있지 않았다.

라벤다 빛 눈은 어느새 백전노장의 눈빛이 되어 있다.

아니, 이는 반드시 지켜야 하는 것이 있는 자의 눈이었다.

오르골 골렘에 무지개 빛 장막이 드리웠다.

연이은 집중으로 뜨거워진 머리 속에 시원한 가을바람이 스며들었다.

…….

좋아, 한번 놀아보자고.

파격 세일, 출혈을 각오한 대바겐세일!

작업장에서 드론들을 대거 일으켜 세웠다.

이제부터 계산된 숫자는 중요치 않다.

나눠줄 수 있는 금속수가 다할 때까지 드론들을 깨우고 무장시켜 달려오는 유저들과 싸우도록 명령했다.

구거거거거거거거거겅, 대지가 좌우 위아래로 흔들렸다.

명령, 말살! 장갑 부여. 무장 자유 선택. 자유 전투, 전투 개시와 동시에 연결 이탈. 엄호 무시, 행동 반경 500미터!

명령, 말살! 장갑 부여. 무장 자유 선택. 자유 전투, 전투 개시와 동시에 연결 이탈. 엄호 무시, 방어 반경 300미터!

…….

명령, 말살! 장갑 부여. 무장 자유 선택. 자유 전투, 전투 개시와 동시에 연결 이탈. 엄호 무시, 구축 반경 180미터!

드론들에 오르골의 금속수를 빠르게 부여하며 명령, 격전장으로 밀어 넣었다.

금속수가 빠진 오르골 골렘의 크기는 급속도로 줄어들었다.

종국엔 배수구 물 빠지듯 금속수가 빠져나갔다.

한데 유저들 가운데 상태가 좋은 드론에 탑승해 자신만의 강철거인으로 만드는 유저가 생겨났다.

쉬운 일이 아님에도 너무도 쉽게 사선은 벌어졌다.

그렇다.

이는 팬텀이 드론을 노획하며 인공지능에 틈이 생겨 버렸음이라.

여하튼 그 행운아 가운데 여우대가리와 달마 맹주도 있었다.

PART2 아이템이 그들을 골렘 오너로 만들어준 것이었다.

노획은 했는데…….

하나 아이템에도 급이 있다. 다들 삐꺽거리는 것이 산탄총 앞에서 지르박을 추는 좀비 같다고나.

그런 그들과 새로운 드론들이 격돌했다.

강철거인을 탐낸 유저들의 말로는 말 그대로 허무했다.

차라리 맨몸이었으면 팔 하나 정도는 가볍게 자를 물리력을 행사할 유저들이 함량 미달 드론에 깔리고 격파당하며 분쇄되었다.

"크악—!"

"제, 제길! 간신히 골렘 오너가 됐는데… 크흑."

강철거인들끼리 연결된 통신관을 통해 단말마의 비명이 여과없이 파고들었다.

이래서야…….

드론의 무리 속으로 팬텀을 밀어 넣었다.

조종은 이렇게 하는 거야.

발을 디뎌 휘두른다. 박살 난다. 돌려 휘두른다. 박살 난다.

걷어찬다. 도약해 휘두른다. 재차 돌려 회전하며 도약해 걷어찬다.

돌풍이 휩쓸었다.

붉은 강철거인을 중심으로 절대의 권역이 차곡차곡 만들어졌다.

팬텀이 나서 사나운 드론들을 베어 넘겨 약간의 시간과 공간을 만들어주자 노획된 강철거인들이 간신히 물러났다.

혼전 가운데 행운을 잡은 운 좋은 유저들의 안도의 한숨이 통신관을 메웠다.

"휴우… 이거야 원."

"…팬텀님, 감사합니다."

뭐 이 정도 양보는 해야지 E&T 경제가 돌아갈 터.

"노획 중지, 팬텀을 도와 기어 골렘을 막아—!"

"방어선을 구축, 팬텀을 엄호한다—"

그나마 추기경이 개념을 유지하고 있다.

"제8대, 축복사 유브님을 보호하라—"

"3대와 5대, 자리를 잡아라. 오르골 골렘의 크기가 줄어들었다. 침착하면 이길 수 있어."

"탑승자들이 전장을 이탈하게 길을 터 줘. 기사단의 커다란 수확이다."

널리 복음을 전파하듯이 명령을 빠르게 토해냈다.

어느덧 전장 한가운데서 성전기사단과 공대를 다그치며 탐욕으로 흐트러진 전선을 빠르게 복구해 나갔다.

제법 그럴듯한 방어선이 만들어졌다.

물론 그 선두에 있는 것은 붉은 팬텀의 강철거인.

유저들은 운 좋게 강철거인을 노획해 물러나는 동료들을 보며 아쉬운 눈을 보냈지만 눈앞에 드론 군단에 집중해야 했다.

저것들이 쓰러지면 기회는 또 있으니, 기회는 눈앞에 무궁무진 널려 있음이라.

좋아, 기쁘게 해주지.

철벽의 대오로 다가오는 드론들을 향해 튀어 나갔다.

투콰아앙—! 슈각!!

충격파와 파열음이 동시에 터지며 드론들이 정직하게 분리되어 쓰러졌다. 그렇게 한 꺼풀의 철벽이 주저앉았다.

그리고 또 다른 철벽을 향해 쇄도했다.

그 뒤를 추기경이 지휘하는 유저들이 접근해 쓰러진 드론을 제압해 나갔다. 더러는 노획해 물러가기도.

제법 죽이 잘 맞아 돌아가는 그림이 만들어졌다.

장미의 입가에 가는 미소가 걸리는 게 느껴졌다.

유저들이 합심해 거악에 대항하는 장렬한 그림의 연속 아닌가.

팬텀에 대한 신뢰가 무한대로 쏟아졌다.

*　　　*　　　*

쫘광—!!!

카악—! 으악!

폭음 하나에 유저들의 처절한 비명이 공명했다.

격돌, 격돌, 충돌! 터져 나오는 충격파, 용맹한 함성, 고함, 비명, 절규… 비탄.

회백색 대지 곳곳에 탁한 피 웅덩이, 수를 셀 수 없는 드론들이 전장에 흉한 몰골로 너부러져 있고, 유저들의 사체가 그 위에 산처럼 켜켜이 쌓여 있다.

방어선이 조금씩 백색 기둥을 향해 진군할수록 사체의 산이 정지한 파도처럼 잔해를 남겼다.

던전에서 데드당한 유저들은 당분간 빛의 입자로 돌아갈 수 없다.

부활지가 이틀 거리니 이틀 동안은 처참한 시체 상태를 유지하고 있어야 한다. 그 자체로 비애.

그렇게 전장은 금속체와 유기체가 뒤엉켜 기묘한 지옥도를 연출했다.

이것이 방어선을 사이에 놓고 열여덟 차례나 되는 격돌을 마친 상태의 결과물이었다.

오르골… 더 이상 동원할 드론이 없다.

이제 작업장은 텅 비었다.

유저들 손에 넘어간 드론이 백 기가 넘어선 상태.

지친 유저들의 얼굴에 승리가 곧 눈앞임을 감지한 미소가 미미하게 걸려 있다.

승패는 완전히 갈렸다.

하나 처절한 전투의 연속에서 우우는 포기하지 않고 있다.

모든 마법사들을 바보로 농락당했다.

…지치지 않았다. 아니, 포기를 몰랐다.

우우가 지쳐 물러나길 원했는데… 내가 우우를 여전히 과소평가 했음이다.

드론을 지원하던 오르골의 금속수는 완벽하게 고갈되었다. 고갈시켰다, 악당이 쓰러지는 명장면을 위해.

오르골의 체적은 팬텀의 강철거인이 가볍게 올려다볼 정도로 줄어들었다.

그렇다고 풍선에서 바람이 빠진 초라한 모습은 아니다.

놀랍도록 아름답고 견고하며 정밀하게 보이는 강철거인의 모습으로 당당히 서 있다.

귀가 아픈 적막이 전장을 맴돌았다.

그 가운데 백색거인과 붉은 강철거인이 대치 중이다.

우우가 오르골 골렘 내부에서 밀려나왔다.

"우우……. 왜?"

나의 노골적인 소모를 이해할 길 없는 우우였다.

밀리고 밀려 백색 기둥까지 물러났다. 그럼에도 백색 기둥에서 금속수를 수혈받지 않았다.

작업장엔 더 이상 드론으로 이용할 기어 골렘이 없는 상태에 오르골 골렘은 그저 나이트 급 골렘보다 머리 하나 반 큰 상태로 줄어 있다.

우우는 도저히 이해할 수 없는 얼굴로 오르골을 올려보았다.

아직은 노여운 기색이 없다.

달콤한 통증이 가슴에 박혔다.

팬텀의 강철거인 역시 기동 시간이 간당간당하다.

지금까지 버틴 것은 그만큼 드론들을 재물로 삼았기에 가능한 기동 시간의 연장이었다.

백색 기둥을 등지고 쌍절검을 든 한 기의 유백색 강철거인과 핏빛 강철거인이 대치가 이어지고 있다.

나와 내가 대치하고 있다.

한데 그 가운데 유저가 뜬금없이 나타났다.

이에 의문 가득한 얼굴의 추기경과 해쓱한 얼굴의 큐브가 다가왔다.

큐브가 우우를 먼저 알아보았다. 특유의 거대 가방으로.

"이런… 정말 우우님이시네요?"

"우우, 큐브님? 우와— 무지 이뻐지셨다. 어디 성형외과?"

"음……."

나와 마찬가지로 우우는 큐브를 단박에 알아챘다.

큐브는 우우 머리 뒤에 선명한 빛의 고리를 확인하고는 가볍게 한숨을 쉬었다.

"우우님? 어떻게 된 거죠?"

"우우, 히든 클래스 부여 받았심. 기적사예요. 기적의 우우라능."

전혀 긴장감 없이 천진한 우우였다. 그 단점을 특기와 장기로 승화시킨 우우이리라.

그런 우우를 추기경이 유심히 살폈다, 빛의 고리에 곧 혼란스러운 얼굴로.

매치가 되는데 매치가 맞지 않는 부조리한 느낌이리라.

아니면 이 시체 더미의 산이 보이지도 않는단 말인가.

"우우, 큐브님은 어떻게 된 거임? 큐브님의 빛 공격 무지 무서웠다 능."

"음……."

여전히 공방자의 정체를 알고도 천연덕스럽게 말을 건다.

이건 모자란 게 아니라 강자의 여유 같은 느낌.

"휴, 원래 이게 제 본모습이에요. 저주사가 되기 위해 유저로서 외모나 목소리 같은 자랑 한 가지를 포기해야 했어요. 저는 외모를 포기했죠. 지금은 그 저주를 극복해 본모습을 찾을 수 있었던 거랍니다."

"우우, 그렇구낭. 우와, 짱 이뻐요."

어이, 우우. 눈앞에 있는 자들은 적이라고.

당연히 큐브의 목소리에 노여움이 배어 있다.

"우우님, 그건 그렇고 오르골 골렘의 방어막은 우우님의 작품인가요?"

"우우, 부끄럽지만 그렇다능. 저도 제 능력에 놀랐심."

"오르골 골렘은 유저의 적입니다. 왜?"

"우우……. 유저들이 나쁘다능. 아, 그러고 보니 큐브님이 더 나쁘다능."

"흠!"

우우의 사람 맥 풀리게 하는 눈빛에 적의가 넘실거렸다.

그리고 오르골 골렘 앞을 팔을 들어 막아섰다.

"우우, 오르골 골렘이 우우를 지금까지 보호했다능. 우우도 오르골 골렘을 지킬 거임."

천진한 선언.

다시금 달콤한 통증이 가슴을 후벼팠다.

…….

"풋—" "훗—!"

어느샌가 다가온 장미까지 합세해 기이한 어투의 우우를 비웃었다.

하나 우우는 위축됨없이 두 팔을 벌려 오르골 골렘 앞에 당당히 섰다.

우우의 등 뒤로 강렬한 무지개 빛의 고리가 커다랗게 팽창했다.

추기경의 입에서 당혹성이 터져 나왔다.

"이, 이런. 성전기사단의 가호가 소멸되다니."

"걱정 마세요, 제 축복이 있으니까요."

큐브가 지지 않고 그녀만의 흑 회색 빛의 고리를 우우처럼 키웠다.

누군가 물리력으로 우우를 끌어내면 될 것 같은데 함부로 움직이는 유저는 없었다.

오르골 골렘은 혼자다.

체적은 감당할 정도로 줄어 있다.

기묘한 대치가 길어지자 배후에 대기하던 몇 기의 강철거인이 다가왔다.

이곳에서 무슨 일이 일어나는지 꼭 알아야 직성이 풀리는 유저, 바로 여우대가리와 달마 맹주였다.

그 짧은 사이에 움직임이 제법 좋아졌다.

이들 뒤로 추종자들이 노획한 강철거인을 기동해 도열했다.

강철거인의 병풍이 쳐졌다.

제법 많이도 챙겼다.

성전기사단의 지휘를 받지 않으니 당연한 결과였다.

당연히 추기경과 장미의 표정이 불쾌하게 변했다.

추기경의 얼굴엔 짜증이 가득 맺혔다.

　여하튼 눈앞에 연약한 여성 유저를 제압하기엔 너무도 과한 전력이 모인 셈이다.

　추기경이 두 팔을 들어 공격 의사가 없음을 드러내며 우우에게 다가갔다.

　"우우님이라고 하셨죠? 성전기사단의 추기경입니다. 전장 지휘관입니다. 오르골 골렘 보호를 즉시 중지하길 부탁드립니다."

　"우우……."

　"우우님, 오르골 골렘으로 인해 너무 많은 유저들이 상했습니다. 그 과정을 지켜보셨을 테니 잘 아시리라 생각합니다."

　"…우우."

　"우우님이 오르골 골렘과 어떻게 연결되었는지는 관심없습니다. 중요한 건 우우님이 지금 범죄자 상태로 유저들의 눈에 처단 대상으로 인식되고 있다는 겁니다."

　"우우, 내가 범죄자?"

　"도시를 이용할 수 없죠. 하나 우우님을 저희 성전기사단이 보호해 드리겠습니다."

　"우우?"

　"예, 성전에 기적의 힘을 보태신다면 지금까지 유저들을 상대로 저지른 범죄를 소멸시킬 수 있을 겁니다."

　"……."

우우의 능력엔 전술적인 가치가 있다. 감히 물리력을 행사하지 않는 이유이기도 하다.

이에 큐브의 얼굴이 구겨졌다.

우우의 능력을 각인시키는 데 일조한 셈이니.

"그러니 몬스터를 보호하는 행위를 중지하길 바랍니다."

말끝이 단호했다.

한데 우우의 눈빛은 단호하다.

"우우, 오르골 골렘은……."

어이, 바보바보. 내 정체를 밝히면 안되지.

여기서 오르골 골렘의 정체가 메이지 지오라고 밝히면 팬텀의 노고가 물거품이 된다.

우우의 입에 모두의 시선이 걸렸다.

"우우, 오르골 골렘은… 내 꺼야, 내 꺼라고—?!!"

…….

"내 꺼란 말야—!!! 누구도 부술 수 없어!"

…….

아이 투정 같은 말에 다들 아연한 얼굴이 되었다.

하나 나는 안도보단 기이한 감정이 휘말렸다.

그래, 내가 니 꺼다.

그래, 니 꺼 해라!

Act 12
오르골 폭주

機甲戰記
Massacre
기갑전기 매서커

추기경이 허탈히 웃으며 돌아섰다. 그리고 여우대가리와 달마 맹주가 탑승한 강철거인을 향해 눈으로 지시했다.

더러운 일은 더러운 자에게.

"끝장을 봅시다."

"장미님, 철부지를 상대로 더 이상 시간 끌 필요가 뭐 있습니까?"

초보자답게 기동 시간이 간당거리고 있음이다.

장미는 팬텀의 강철거인을 올려 보았다.

누가 무어라든 지금까지 오르골 골렘을 몰아붙인 것은 팬텀이기에 모두의 시선이 모였다.

70%에 달하는 드론들을 베어 넘긴 용자!

나는 강철거인에 탑승하고 있어 다행이랄까, 떨리는 목소리는 확성관에 묻혔다.

대화의 대상은 장미도 추기경이 아니다.

"기적사 우우, 지금까지 오르골 골렘이 버틴 것은 기적이다. 당신의 소명은 그것으로 충분하다."

"……."

우우는 듣기 싫은 듯 고개를 흔들었다.

"기적사여, 오르골 골렘이 능력이 없어서 이런 장면을 만들었다고 생각하는가?"

…….

고개를 들어 팬텀이 탑승한 강철거인을 가늘게 눈을 모아 올려보는 우우였다.

제길… 알아차렸군.

"나는 안다. 오르골 골렘은 당신이 유저들 곁으로 돌아가길 원해서 지금 이런 그림으로 자신을 몰아 붙였음을."

…….

확신이 들었음인가.

우우의 라벤다 빛 눈이 경악으로 커져 팬텀의 강철거인을 올려 보았다.

눈가에 눈물이 그득 고였다.

"…우우, 다, 당신은……."

캐릭이 변해도 본질은 변하지 않는다.

"우우… 어째서?"

…말을 잇지 못했다. 부들부들 떤다.

그렇다. 아무리 강철거인의 확성관을 통해 울리는 목소리로 말했지만 우우가 내가 누구인지 못 알아챌 리 없다.

결국 강철거인 안에 있는 나를 알아챈 것이다.

오르골 골렘으로 변한 나를 알아본 우우 아니던가.

"오르골 골렘의 선택을 존중하라."

나는 매몰스럽게 재촉했다.

우우의 들어 올린 팔이 힘없이 축 처졌고 그 손엔 주먹이 꽉 쥐어졌다. 어깨를 들썩이며 떨고 있다. 이어 오르골 골렘과 팬텀이 탑승한 강철거인, 그리고 이를 둘러싼 유저들을 하나하나 훑어보았다.

누구 하나 시선이 곱지 않다. 조롱에 가까운 적의로 가득 차 있다.

정적이 우우를 중심으로 번졌다.

…….

우우가 지금 어떤 생각을 하고 있을지 상상이 가지 않았다.

내가 자신을 지금까지 가지고 놀았다고 생각할 수 있다.

"우욱—!"

우우는 터지려는 울음을 손으로 틀어막았다.

이어 땅바닥에서 돌 하나를 줍더니 팬텀의 붉은 강철거인을 향해 집어 던졌다.

　땅—!

붉은 금속 장갑에 충동한 돌이 떨어져 내렸다.

……

＊　　　＊　　　＊

　붉은 강철거인을 향해 우우가 돌을 집어 마구마구 던졌다.

그 안에 타고 있는 나 보고 나오라는 것이다.

"우우— 나쁜 놈—! 어떻게, 어떻게… 지금까지."

우우는 자신이 버림받았다 여기나 보다.

에휴, 오르골 골렘이 반응했다.

기어가 돌며 금속판을 튕기며 빛의 소리를 만들어냈다.

익히 그녀와 같이 부르던 노래다.

신나지도 그렇다고 처지지도 않는 단조로운 곡이었다.

　약간 무미건조한 느낌이 들지만 감정이 드러나지 않아 자주 부르고 연주했었다.

　땅— 땅— 띠딩 땅—!

(안녕이라고 말하지 마. 우린 아직 이별이 뭔지 몰라.)

　"흐윽……"

위로가 전해졌음인가.

우우의 입은 우물우물, 눈에서는 눈물이 하염없이 흘러내렸다.

누구도 말릴 수 없다.

…나도 아프다. 너를 선택할 수 없는 이 가상의 그림이…….

눈물범벅이 된 우우의 얼굴은 기적사가 된 이후 그 어느 때보다도 앳돼 보였다. 가늘고 섬세한 턱 선을 타고 라벤다 빛 눈물이 뚝뚝 떨어져 내렸다.

작고 오뚝한 콧대, 길게 뻗은 둥근 눈썹까지……. 내 눈엔 이 자리에 있는 비현실적인 미모를 뿌리는 그 어떤 가상의 미인보다 아름다웠다.

여기에 자리한 장미와 큐브의 얼굴엔 얇은 가면 한 장이 씌워져 있는 느낌이 있는데 그것과 확실히 달랐다.

그저 천진난만 귀엽게 여겨 여동생 괴롭히듯이 놀리기만 했는데… 어느새 여인이 되어 있었다.

게다가 가상에서 흘러내리는 눈물이라니, 그녀 역시 어느덧 가상 페인이 된 듯하다.

오르골보다 깨끗한 빛의 소리는 점점 잦아들었다.

전장에 너부러진 기어 골렘들까지 달래는 기분이다.

"우우님, 바미안이 원래 목적지였죠? 바미안은 기적을 기다리고 있습니다."

“……”

우우는 조용히 고개를 끄덕이더니 고개를 힘겹게 떨구었다.

오르골 골렘이든 팬텀이든 더 이상 보지 않겠다는 듯.

그리고 그녀의 머리 뒤에 자리한 무지개 빛 고리가 사라졌다. 부피 넘치는 등짐과 함께 우우는 그 옛날 초라한 달팽이 아가씨가 되어버렸다.

그때였다.

“지금까지 오르골 골렘을 보호한 가호의 정체가 우리와 같은 유저였어?”

“정신 나간 거 아냐?”

지금까지 이어진 대화가 다른 유저들에게 전달되었나 보다.

어느새 다가온 유저들의 적대적인 시선이 우우에게 퍼부어지고 있었다.

우우의 윤곽을 따라 범죄자임을 알리는 얇은 회색막이 선명하게 드러났다.

…….

내 마음이 찢어지는 것 같았다.

!

기적의 기운이 사라지자… 무언가가 무섭게 나를 잠식해 들어오기 시작했다.

…이건 뭐지?

우우가 유저들이 진을 친 진영으로 잠겨들었다.

회색으로 바랜 커다란 가방만 보였다.

그리고 정적—

여우대가리와 달마 맹주의 강철거인들이 대거 몰려든 상태지만 그 가운데에서 누구도 자신있게 오르골 골렘을 제압하러 나서지 못했다.

팬텀만 한 기동을 할 자신이 없음이라.

이제… 투쟁의 신이 파괴의 신과 싸울 차례가 되었다.

꽤 거창한 관념이 등장했다.

투쟁과 파괴, 파괴와 투쟁.

내 캐릭을 내가 정의하자면 팬텀은 투쟁이라는 관념이, 오르골 골렘에는 파괴라는 관념이 어울렸다.

인생은 연극이다. 그렇게 정의하자.

팬텀은 연극배우이자 이 연극의 기획자다. 그렇게 연극 자체가 투쟁이다. 그리고 드론은 또 하나의 오르골 골렘이다. 그 분신을 깨우고 키우더니 결국 전부 파괴했다. 자기 파괴가 아니고 무엇이랴.

그렇게 다가왔다.

이런 거창한 관념을 내 캐릭들에 투사해야 집중할 수가 있는 상황이다.

우우의 빈자리를 메우기 위해선 절박한 전쟁을 앞둔 전사 같이 나를 몰아붙여야 했다.

그게 지금 나의 형편이다.

붉은 강철거인이 거대한 붉은 검을 오르골 골렘의 왼쪽 눈을 겨누며 미끄러지는 형식으로 전진했다.

이 거대한 검에 큐브의 축복이 떨어져 내리며 불길한 검붉은 색으로 검이 변질되었다.

무기다운 색이기에 불쾌하지 않았다.

장미는 달마 일행의 엄호를 받으며 멀리 물러난 상태다. 우우가 그들 틈바구니에 있음을 다시 한 번 확인했다.

그렇게 시선이 자꾸 갔다.

추기경의 가호까지 시키지도 않았는데 팬텀의 검에 떨어져 내렸다.

마다할 이유가 없다.

이로 인해 검의 색은 완벽한 검은색이 되었다.

있다면 '악마의 양심' 같은 색이랄까.

오르골 골렘의 유백색 쌍절검과 완벽하게 대비를 이루었다.

언약의 사슬을 끊으면 메이지 지오가 유저의 몸을 되찾을 수 있을까?

이미 수많은 유저들을 살육해 보스 몬스터로 쾌속의 성장을 했잖은가.

일만 이천삼백사십오!

무려 한 달 동안 오르골 골렘인 내가 때려잡은 유저들의 수다.

매서커를 능가하는 학살자!

그렇다.

E&T가 삘났다.

더 이상 유저의 몸을 허락하지 않을지도 모른다.

좋아, 그렇다면 단죄를 받기 전에 또 하나의 나인 팬텀을 단련시킬 필요가 있다.

오르골 골렘 기어가 유기적으로 맞물려 돌아갔다. 기어 평면에 새겨진 마법진이 발동하며 있기는 있으나 조종자 없이는 가동되지 않는 마나 엔진과 마나 펌프 같은 기능을 빠르게 수행해 나갔다.

양손에 쥐어진 쌍절검의 끝에 빛이 모여들었다.

질주하며 일반적인 양손 기술인 '파도 베기'를 팬텀에게 시전했다.

스파아앙—!!!

이에 팬텀은 달의 일족 고유의 '초승달 베기'로 맞섰다.

츠파아아아앙—!!!

짜라라랑—!

검은 빛과 백색 빛이 충돌하며 새파란 섬광이 점점이 터져 나왔다.

둘은 교차하지 않은 채 수많은 물리적 기술을 상대에게 퍼부었다.

오르골이 '섬격' 을, 팬텀은 '대참격' 을, 오르골이 '일섬영' 을, 팬텀은 '일점사' 로 대응하며 섬광을 만들어냈다.

덩치만 아니라면 노련한 기사들의 약속된 검기 공연으로 보일 것이다.

사실 공연이지.

오르골 골렘을 단련시키는 것은 팬텀이고 팬텀을 단련시키는 것은 오르골 골렘이었다.

백색의 궤적과 검은 궤적이 뒤엉키며 보랏빛 섬광과 폭음을 연속으로 퍼뜨리자 지켜보는 이들의 눈이 경악으로 커졌다.

저게 몬스터의 검기라니!

카가카가캉—!!!

강철거인의 결투를 넘어서는 동작들의 연속이어서이리라.

팬텀은 팬텀이지만 메이지 지오의 집중력에 경의를 표해야 할 것이다.

플라즈마 탄을 만들기 위해 구슬에 마법진을 새기는 고도의 집중력이 지금 빛을 발하고 있다.

평면에 마법진을 그리고 새기는 것은 2차원적인 공력이 들어간다.

하나 구체에 마법진을 새기는 것은 여간한 집중력 없이는 아까운 마법 재료만 날릴 수 있는 고도의 작업이다.

그 집중력으로 마법사가 전문 기사에 버금가는 검기를 구사하고 있다.

그렇게 오르골 골렘은 순순히 토벌될 몬스터가 아님을 유저들에게 각인시켰다.

오르골 골렘이 머리 하나 반 크지만 압도적이지는 않다.

그렇다고 팬텀에게 유리한 상황도 아니다.

기릭릭, 기리릭.

“후욱, 후욱―”

기동 시간이 간당간당하다.

그에 비하면 오르골 골렘의 동력은 기어를 돌리는 동화율이기에 기동 시간은 무한정이다.

그렇다. 여기서 시간만 끌면 오르골 골렘의 승리인 것이다.

유저들의 기대와 고대를 다시금 산산이 부술 수 있다.

매력적인 유혹이다.

하나 낙담한 유저들을 조롱하며 이를 같이 기뻐해 줄 천진한 바보가 없다.

우우가 없는 것만으로 오르골 골렘의 쌍절검은 힘없이 축 늘어졌다. 오르골 골렘의 가슴엔 빛이 사라졌다. …인정하기 싫지만.

둘 다 같은 나임에도 기이한 경험이 아닐 수 없다.

나 팬텀은 연극의 기획자로서 조연 배우들의 애드립을 극도로 싫어한다.

게다가 이 조연들은 배신과 배반 연기의 달인들이다.

그런 그들을 배제하기 위해 이런 과한 실력 행사가 필요했다.

다들 느꼈을 것이다.

마리아나 해구 같은 실력의 차이를.

그렇게 배신의 즉흥극이 될 가능성은 완벽하게 배제했다.

한데… 유저 사이에 커다란 회색 가방이 보이지 않음을 확인하자.

> 삐이이이이이이이이이이이이이이이익—! ! !

> ㄱㅁㅁㄱㅁㅁㄱㅁㅁㅁㅁㄱㄱㄱㅁㅁㅁㄱ… ㅁㅁㄱㅁㅁㄱㄱㅁㅁㄱㄱ…….

> ꓤidididididididididididididididd~

신경을 거스르는 소음과 알 수 없는 메시지가 오르골 골렘의 메시지 창을 주르륵 채우며 올라왔다.

오르골을 움직이는 나의 의식이 순간 팟! 하고 끊어졌다.

그리고 오르골의 움직임이 돌변했다.

크쿼어어어어어어어어어어억!!!

공간을 뒤덮는 괴성, 울부짖음. 동시에 잔상을 뿌리는 포탄 같은 돌진!

오르골 골렘이 쌍절검을 11자로 잡고 교차 베기를 포기 한 채 11자 빗겨 베기로 압박해 들어왔다.

꽈광―!!!

난폭한 폭음이 공간을 때렸다.

귀가 먹먹하다.

기술이 사라진 오로지 힘에 의지한 무지막지한 공격이 팬텀에게 퍼부어졌다.

세련된 맛이 빠진 그저 무식하기만 한 공격!

11과 1의 힘겨운 격돌의 연속. 팬텀이 밀리고 밀렸다.

"커흑, 내가 나에게 밀리다니……."

손가락 끝이 저릿저릿하다.

한쪽은 무식한 공격을 한쪽은 막기조차 버겁다.

폭음이 터질 때마다 팬텀의 강철거인이 두세 걸음씩 주르륵 밀려났다.

방위와 각도가 같은 두 개의 검을 세련된 빗겨 흘리기로 압박을 분쇄하기엔 역부족.

오르골 골렘의 난폭함에 내가 더 놀랐다.

오르골과… 더 이상 연결이 되지 않고 있다.

그렇다!

아니, 또 다른 내가 접근을 차단하고 있다.

나의 나약함과 여림이 이렇게 클 줄이야.

이런 식이면 내가 원하는 방향으로 연극이 흘러갈 수 없다.

팬텀이 밀리기 시작하자 추기경과 장미의 독려를 받은 여우대가리와 달마들이 가세하기에 이른다.

"팬텀님을 지원하자—!"

"견제는 원거리로."

쿵쿵쿵—

경계하며 다가오는 모양새가 여간 조심스러운 게 아니다.

제압보다 견제라면 그들의 목적을 달성할 공산이 크다.

제, 제길.

팬텀의 애드립을 경계하고 배제했는데 오르골이 애드립을 해버린 셈이다.

나의 적은 바로 눈앞의 나였다!

내가 나를 어떻게 배신한 것인가?

아니, 나에게 너무 충실한 것일지도.

다수의 강철거인들이 조여오자 오르골 골렘이 환영했다.

패텀을 무시하고 '너 잘 만났다!' 는 식으로 여우대가리들에게 쇄도했다.

이탈하며 돌진하는 과정에서 오르골의 어깨 치기에 팬텀이 튕겨 나갔다.

와당탕! 쿵탕!

수 바퀴를 굴러서야 멈추었다.
"크으……. 빌어먹을!"
충격에 구토가 치밀어 올랐다.
이렇게 무식할 수가?!
그리고 어디서 이런 힘이?
오르골은 후회하고 있었다, 우우와 떨어짐을.
태평스러운 엉뚱함을 지금에서야 갈구하다니… 난 늘 이
런 식인가?
…인정하자.
우우는 내 반응을 갈구하는 충견이 아니었다. 바로 내가 우
우의 충견이었다.
오르골 골렘은 온몸으로 그렇게 외치고 있었다.
우우, 돌아와 줘―!

…부끄럽도다.

＊　　　＊　　　＊

@@@@@@@%%%%%%%%%%%&&&&&&&&&.

제어 불가!
오르골을 점령한 무의식은 잠재 의식 너머로 들어갔다.

오직 하나의 욕구만 있을 뿐.

내가 나를 제어할 수 없다.

오르골의 폭주에 백색 기둥 주위는 난장판이 되어갔다.

바위가 부서지고 잔해가 튀어올라 비산했다.

혼비백산하는 유저들!

슈카칵—! 유백색 궤적이 공간을 갈랐다.

"크악악!!!"

또 한 기의 강철거인이 허리째 베여 두 동강 났다. 그리고 도약에 이은 광폭한 착지.

쿠르르룽, 진동에 무수한 유저들이 하늘을 보고 넘어졌다.

가차없이 넘어진 유저들을 발로 짓이겨 흔적을 지웠다.

재차 뿌리는 사나운 참격에 거친 검격, 사분오열되어 흩어지는 강철거인의 대오!

잔인하고, 잔혹하며, 혹독하게 공간을 지배해 나갔다.

"으헉, 다가오지 말라고?! 이 괴물아—!"

"물러나, 저 넘은 우리 상대가 아냐."

오르골 골렘이 다가가면 유저들과 강철거인들은 불에 데인 것 같이 화들짝 물러났다.

"산개—!!! 일반 유저들은 강철거인 뒤로—! 섬광탄을, 전격 마법을 날려—! 물러나며 강철거인을 엄호한다."

추기경의 명령이 다급하게 꼬여서 내려졌다.

백색 기둥을 중심으로 유저들이 뿔뿔이 흩어져 저항 의지는 무너지자 오르골의 공세도 주춤했다.

적의를 찾아 달아나는 유저들의 등을 오만하게 둘러본다.

이는 거대한 체적을 이룬 상태 때보다 더 위협적인 박력으로 가득 찬 굽어봄이었다.

유저들로선 더 이상 공을 탐하지 않고 거리를 벌리며 견제로 일관했다. 먹잇감을 찾지 못하는 오르골.

하나 이런 낭패가 따로 없다.

유저들의 무기 끝이 가늘게 떨고 있었다.

"…투기를 흘리지 마!"

"거기! 접근하지 말라고. 저놈은 돌아본다."

달마 쪽은 두려움에 떨며 오르골의 접근을 막기 여념 없다.

문제는 바로 나.

꼴사나워 못 봐주겠군!

언약의 사슬이고 해방이고 다 필요없다.

이 꼴사나운 그림을 중지시키는 게 급선무.

메이지 지오가 죽어 캐릭이 소멸하더라도 어쩔 수 없다.

내 통제를 거부한 나를 제거하기로!

내가 나를 죽이기로!

비장함을 담아 팬텀에 의식을 집중했다.

팬텀의 검끝에 동화율을 부여했다.

너의 상대는 나다! 나를 보라!

브으스스스스스릉—!!!

팬텀에겐 더 이상 녹일 스탯이 없다. 저 애드립 덩어리인 또 한 명의 주연을 처단하기 위해 페널티를 감수할 밖에.

검신을 따라 피가 몰려 나와 붉게 뒤덮었다.

이어 추기경과 큐브에게 사양하지 않고 특대의 가호를 요구했다.

피를 머금은 거대한 검에 두 개의 상반된 빛 덩어리가 떨어져 내려 불길한 피를 정화했다.

좋은 동화력 보정, 상성 자체에 충돌도 없다.

두 개의 가호를 받아들여 붉은색으로 돌아온 검은 다시금 악마의 양심 같은 색으로 바뀌었다.

　그렇게 증폭된 동화율과 어울리며 검끝에 검은 오러가 물컹 생겨났다.

　후룽—!!! 공간이 진동했다.

　1미터, 2미터, 3미터, 6미터로 검끝에 빛의 검이 선연하게 자리 잡았다.

　"이럴 수가?!! 강철거인에 오러라니……."

　추기경의 허탈한 중얼거림이 또렷하게 들려왔다.

　"팬텀이 이 정도일 줄이야……."

　큐브도 놀라기는 마찬가지.

　부여한 가호의 여파인가, 이 둘의 말이 또렷하게 들렸다.

　다수임에도 궁지에 몰린 유저들이 환호를 질렀다.

　오러다—!!!

　"과연 팬텀!"

　"어서 빨리, 더 이상 버티기 힘듭니다."

　츠파아아아앙!!!

　오르골을 향해 튀어나갔다.

　기사의 자부심이고 나발이고 그런 거 몰라—!

　오르골의 뒤에서 검은 오러가 넘실거리는 검을 밀어 넣었다.

　암살자의, 또는 비열한 배신자의 검이 임하는 위치다.

　메이지 지오의 의식이 담긴 고갱이 위치를 노리고 찌른 검.

　…이럴 수가?

파스스스스스- 슛!

뒤에서 가한 암격임에도 오르골은 돌아보지 않은 자세에서 검만 등 뒤로 돌려 찔러온 검을 흘려버렸다.

검붉은 오러가 유백색 검면을 따라 지나가며 표면을 달구었다.

오러가 담긴 검을!

이게 다가 아니다. 허리를 틀어 역동작으로 맹렬한 반격을 가해왔다.

이는 강철거인의 달인 매서커도 불가능한 동물적인 반격이었다.

파충—!

검은 빛 덩어리가 충격에 흩어졌다가 다시 뭉쳤다.

하나 힘에 밀려 주르륵 몇 미터를 물러나야 했다.

오르골의 쌍절검이 쇄도해 들었다.

이어지는 무질서한 검격의 교환!

오러에 쌍절검의 날과 검면은 사정없이 뭉개졌지만 빠르게 재생되어 오러에 의심없이 돌입해 들었다.

파충— 파파팟!

공격할 각도와 틈이 사라졌다.

얼마나 다급했으면 달마 일행에게 지원 요청을 하고 있다.

"달마, 여우머리—! 무기를 던져!! 잔해든 뭐든 던지라고."

호칭에 대한 불편한 토로는 없다.

그들 역시 오르골 골렘의 난동에 혼이 나간 상태이기에.

오르골 골렘은 미친 야수다. 내가 미친 증거다.

드론의 잔해부터 망가진 무기들이 달마 일행의 강철거인을 통해 오르골 골렘을 향해 쏟아지는 식으로 투척되었다.

콰드득— 콰광!!

쌍절검이 종횡으로 휘둘러지며 날아든 잔해 더미들을 걷어버렸다.

순간, 사각이 보였다.

팬텀의 재돌격!

와다다다다다다다!!!

검은 오러가 자란 검이 오르골 골렘의 옆과 뒤에서 파고들었다.

하나 오르골 골렘은 상상력의 범주를 벗어나게 반응했다.

장갑 끝도 건드리지 못했다.

"헉!"

콰광—!!!

오르골 골렘의 사나운 발차기에 가격당해 수 바퀴를 꼴사납게 굴러 튕겨나갔다.

뭐?!! 이런…….

속이 울렁거리며 구토가 치밀었다.

팬텀이 이 지경인데 달마 일행의 상황은 더 나빠졌다.

"우악—!"

"저리가! 이 괴물아!!"

달마 일행의 강철거인 중 한 기가 오르골의 십자 베기에 고스란히 노출당해 4등분되어 부서졌다.

그리고 여봐란 듯 뒤돌아 보았다.

사나운 야수의 이빨은 더욱 날카롭게 빛났다.

투명하고 사이한 백색 빛 덩어리가 쌍절검 끝에 넘실거렸다.

이미 있었는데 이제야 알아보다니?!

…오러였다.

투명한 백색의 오러가 굳건히 자리 잡고 있다.

통신관을 통해 경악성 대신 단말마의 비명이 차례차례 터져 나왔다.

내가 나를 놓아버린 오르골은 그 어떤 가호와 축복의 도움 없이 오러를 만들어냈다. 그 길이는 점점 자라났다.

슝겅, 슝겅, 슝겅—!!!

유저들의 절망에 가까운 한숨이 합창이 되어 허공으로 흩어졌다.

"몬스터 따위가 오러라니?"

"…저걸 어떻게 이겨?"

……·

오르골을 점령한 내 잠재 의식은 또 다른 영역을 개척한 것이 확실했다.

OF TEN DIVINE NAMES
Act 13
기계사 지오

機甲戰記
Massacre
기갑전기 매서커

　달아나면 달아나게 두고 도약해 앞을 가로막아 걷어차 버렸다.

　가격당한 한 기의 강철거인이 수십 바퀴를 굴러서야 멈추었다.

　그런 일방적인 린치가 수 번 이어졌다.

　고양이가 쥐를 가지고 노는 그림이었다.

　유독 이 한 기였다.

　혼이 나간 신음만 통신관을 메우며 흘렀다.

　그런 하늘을 보고 누운 강철거인의 위로 오르골이 두 발로 착지!

와득!!!

강철거인의 척추 뼈대가 부러지는 소리가 몸서리쳐지도록 공간에 퍼져 나갔다.

섬뜩한 절규—

통신관 가득 고통에 겨운 애원으로 가득 찼다.

“…그, 그만… 주, 죽여줘— 그, 그만 죽여……”

처참한 린치의 대상은 바로 여우대가리였다.

오르골이 물러서 거대한 검을 여우대가리의 강철거인 목 아래에 박아 넣었다.

쿠쿡—!

그리고 너무도 가볍게 하늘 높이 들어 올렸다.

검끝에 여우대가리의 강철거인이 대롱대롱 매달린 채로 축 쳐져 있다. 죽어가는 적을 감상하는 가학적인 괴물의 시선이 검끝을 훑었다.

이어 나머지 남은 손이 움직였다. 강철거인의 사타구니에서 이마 끝으로 유백색 검이 치켜 쳐 올려졌다.

우그그그그그그극쿡!!!

“아악—!!!”

오러가 담기지 않는 검격은 그 자체로 당하는 이로선 고문이다.

달마의 강철거인 역시 오르골의 발치에 짓이겨졌다. 그 형체를 알아볼 수 없을 지경이 되어 대지에 흩뿌려져 있다.

오직 이 둘을 오르골은 장난감처럼 가지고 놀았다.

나와 연결된 오르골의 무의식은 여우대가리와 달마를 잊지 않았다.

통제는 거부하지만 정보는 여전히 공유하고 있음이다.

처절한 응징이었다.

이 광경을 지켜보는 유저들의 시선은 공포로 물들었다.

그렇게 여우대가리의 처절한 단말마를 끝으로 전장엔 강철거인의 씨가 말랐다.

사납고 사납게, 광폭하고 광폭하게, 잔인하다면 잔인하게.

오르골은 짓이기고 토막을 냈다.

그 자체로 백색 공포가 되었다.

이 몸부림을 우우가 알아보길 원함이리라.

그랬다.

내 잠재의식의 갈구를 행동으로 보여준 것이다.

그런 오르골에 대해 연민이 생겼다. 나지만 더 이상 내가 아닌 존재에…….

오르골은 팬텀의 강철거인만은 유일하게 돌아보지 않았다.

맛난 마지막 부분을 아끼는 아이의 심정으로.

나를 말살하려는 나를 어떻게 응징할지…….

처척, 처척!

팬텀의 강철거인이 자세를 잡았다. 오르골이 자세를 고쳤다.

팬텀이 반응하면 오르골이 반응한다.

팬텀이 대응하면 오르골이 대응한다.

오르골은 지금 그 어떤 밀리터리 캐릭보다 감각이 발달해 있다.

그것은 야수의 감각!

매서커의 강철거인만이 상대할 수 있으리라.

아니다. 매서커가 와도 결과는 미지수!

…오르골은 나와 연결되어 있다.

같은 근원을 공유하고 있기에 내가 보면 오르골도 본다. 내가 느끼면 오르골도 느낀다. 내가 생각하면… 오르골도 생각한다.

장기판에 나 혼자 앉아 맞장기를 두는 것과 같음이라.

그러면?

검을 오르골에 겨눈 채 이 모든 생각을 하나씩 지워나갔다.

팬텀인 내가 이렇게 나오면 저렇게 대응하겠다는 검술과 검기에 대한 모든 수단을… 놓아버렸다.

…….

팬텀의 생각이 멎었다.

오르골의 움직임 역시 뚝 멈추었다.

오르골을 통제하려던 생각을 지웠다.

오르골의 상태를 엿보듯 읽었다.

째깍째깍째깍, 철커— 착. 철커, 착.

기어가 규칙적으로 돌아간다.

기리리리리리릭— 철커철커!

들켰다.

당연한 결과.

그 결과는 성공적이다. 처음으로 오르골이 먼저 반응했다.

쌍절검 가득 백색 오러를 뭉쳐 팬텀을 향해 겨누었다.

오르골 역시 팬텀을 지우기로 결심한 것인가?

기수식이 눈에 익다.

헉스의 쌍검술과 골든 보이의 狂擊이 오르골의 劍技에 녹아 있다.

메이지 지오로서 매서커의 수련을 지켜보며 의식의 눈으로 익힌 결과였다.

그 검기를 팬텀이 모를 리 없다.

그렇게 팬텀이 알고 있음을 오르골도 안다.

미동없이 서로를 노려볼 뿐.

나와 나의 대면…….

그리고 정적.

!!!!!!!!!!!!!!!!!!!!!!!!!@@@@@@@@@@@@%%%%%%%&&&&&&.

오르골 특유의 의미불명 메시지.

두 줄기 백색 오러가 점점 균일해지며 길이마저 10미터로 자라났다.

!

수많은 유저를 데드시켜 챙긴 포인트를 지금 가차없이 나를 상대로 태우고 있음이라.

반면 팬텀의 검은 오러는 시간이 흐를수록 오러 끝이 미세하게 흔들렸다.

그렇다. 팬텀의 기동 시간이 다해가고 있었다.

기동 시간이 한계에 들었습니다. 오러를 거두지 않으면 3분이 기동 시간의 한계입니다.

…오러를 거두길 권합니다. 오러를 거둔 후, 12분의 잔여 기동 시간으로 안전지대로의 회피를 권합니다.

팬텀이 오러를 거두는 순간 백색의 오러가 덮쳐오리라.

하나 팬텀의 한계는 시시각각 다가오고 있었다.

검끝에 매달린 검은색 오러 끝이 바람 앞의 호롱불처럼 아래위로 격하게 흔들렸다.

드디어 기동 시간의 한계에 달하며 검은색 오러의 크기는

6미터에서 5미터로, 4미터로 줄어들어 갔다.

　멀리 관전 중인 유저들의 안타까운 한숨이 바람을 타고 스며들었다.

　끝이다.

　검끝에 걸린 오러가 바람에 꺼진 촛불처럼 팟― 하고 꺼져 버렸다.

　검은 빛의 입자가 검끝에서 흩어지며 오러의 마지막 잔상을 만들었다.

　잔상이 흩어짐과 동시에 오르골이 움직였다. 아니 내가 '끝이다!' 라는 생각을 함과 동시였다.

　쿠워어어어어어어― 쿵쿵쿵쿵쿵―!

　졌다!

　백색 빛의 파도가 덮쳐오고 있었다.

　해일 같은 기세!

　피식 하는 허탈한 웃음이 입가에 걸렸다.

　이 내가! 정신줄 놓은 나에게 패배하다니…….

그때였다.

!

화랏— 무지개 빛 한줄기가 오러가 꺼져 버린 내 검에 떨어졌다.

파하앗—!!!

우우가?

왜? 오르골이 아니고 팬텀에게?

이 혼란스러운 의문에 답을 구할 여유는 없다.

검끝에 다시 오러가 맺혔다.

이전의 불길한 검은색이 아니다. 찬란한 무지개 빛이다.

프리즘을 통과한 빛의 입자들이 검끝에 선명하게 생겨났다.

눈이 부시지 않는 따듯한 빛이 모여들었다.

이 무지개 빛이 덮쳐오는 백색의 빛의 파도를 고스란히 갈랐다.

순식간의 가름!

오르골 골렘과 교차해 멈추었다.

…….

스스스스스스스슷— 오르골 골렘의 쌍절검에 자라난 백색 오러는 빛의 입자로 화해 사방으로 흩어졌다.

나는 오르골 골렘이 기동 정지에 들어갔음을 느낄 수 있었다.

자신을 지금껏 보호하던 기적의 입자에 베였다는 것이 믿기지 않음이라.

오러를 갈랐지, 강철거인은 멀쩡하다.

무지개 빛이 넘실거리는 검을 들어 정지한 오르골 골렘을 베어 나갔다.

메이지 지오의 의식이 담긴 고갱이가 있는 머리를 향해 의심없는 일격을 뿌렸다.

슈욱— 브악!

…급정지.

지이이이이이이이이이이잉—!!!

오르골의 머리에 아슬아슬하게 검이 정지했다.

누군가의 울림이 전해져서였다.

…….

*　　　　*　　　　*

언약의 사슬을 깨지 않고는 오르골 골렘에 봉인된 메이지 지오의 의식은 다시금 이곳에서 부활하리라.

보다 몬스터의 의식에 근접한 채로!

이미 제어를 놓은 상태 아닌가.

나를 일깨운 우우가 날아(?)오고 있었다.

그랬다. 분명 날아서 오고 있었다.

오르골 골렘이 되어버린 메이지 지오를 향해 올 때와 같이 우우의 눈은 멈추어 버린 오르골 골렘을 향하고 있다.

아!

특유의 달팽이 가방은 없다. 우우는 목숨보다 중요하게 여기던 그 가방을 버린 것이었다.

우우의 등 뒤로 빛의 날개가 찬란하게 자라나 있었다.

그 폭은 무려 8미터에 달했다.

빛의 입자로 된 날개는 강하고 아름다웠다.

물리적인 날개가 아니었다. 바로 정신의 영혼의 날개였다.

빛을 뿌리는 날개를 단 우우를 향해 유저들이 탄성을 터뜨렸다.

빛의 천사다—!!!

우우는 그런 그들을 아랑곳하지 않고 손가락으로 거대한

백색 기둥을 가리켰다.

검으로 백색 기둥을 베어 달라는 뜻이었다.

작아지기 전의 오르골 골렘이라면 모를까, 팬텀의 강철거인으론 체적 차이가 엄청났다.

하나 나는 의심하지 않았다.

왠지 하면 될 것 같았다.

마음 깊숙이 자리한 작은 의심을 지웠다.

다시금 기동 시간의 한계를 알려주는 메시지가 요란스럽게 명멸했다.

> **모든 것을 놓아 버린 당신에게 '영혼의 검'이 임했습니다.**

그런 성스러운 메시지조차 빛의 날개가 뿜어내는 빛의 산란에 파묻혀 고요하게 들렸다.

그 빛의 파도 속에서 나는 검을 휘둘렀다.

슈악아아아아아아아—!

잔잔한 파도 소리가 울렸다.

검끝에서 거대한 빛의 입자가 자라나 백색 기둥을 베고 지나갔다.

마치 레이저 절단기가 스모크 기둥을 지나친 것 같은 그림이었다.

그랬다. 이는 물리적인 베기가 아니었다.

정신의, 영혼의 베기였다.

언약의 사슬의 실체는 쌍절검도, 오르골 골렘도 아니다. 바로 저 거대한 백색 기둥 그 자체였다.

그 언약에 기어 골렘들은 세월을 더해 스스로 견고하게 더하고 보탰던 것이었다.

이 언약의 사슬을 자르기 위해선 지금같이 순수한 영혼의 베기만이 가능한 것이었다.

바보의 영혼은 순수하다!

그리고 위대하다.

우르르르르르릉―!!!

공간이 진동하기 시작했다. 대지가 아래위로 흔들렸다.

백색 기둥을 무지개 빛의 선이 지나간 뒤 생긴 현상이다.

그리고 폭주해 정신을 놓아버린 오르골 골렘의 의식이 마침내 돌아왔다.

무수한 메시지가 경쟁적으로 올라왔다.

> 언약의 사슬이 끊어졌습니다. 당신은 해방자입니다.

> …….

귀에 들어오지 않았다.

빛의 날개를 단 우우가 곁으로 날아와 걱정스러운 눈으로
내려다보고 있어서였다.

……

나는 그제야 깨달았다.

메이지 지오는 오르골 골렘의 인공지능에 잠식당했음을.

유저의 의식은 잠시 유지될 뿐, 그 잠식된 의식과 영혼은
곧 몬스터의 인공지능에 함락되는 수순을 밟아야 했다.

그랬다. 캐릭의 완벽한 소실 수순으로 가야 했다.

그것이 원래 E&T의 설정이었다.

하나 우우와 함께하며 인공지능에 잠식당하지 않았다.

아니, 오히려 인공지능을 한쪽 구석에 구겨 넣고 주인 행세
를 할 수 있었다.

폭주는 우우라는 중요한 제어가 사라진 당연한 결과였다.

우우가 오르골 골렘의 어깨에 내려와 앉았다.

작은 주먹으로 오르골 골렘의 두부를 통통 두들겼다. 라벤
다 빛 눈동자가 말해왔다.

자신을 받아들여 달라고.

당연히!

생각이 동하자 두부가 등 뒤로 넘어가며 작은 공간 하나를
드러냈다.

바로 전형적인 골렘의 조종 공간이었다.

우우가 그 공간 안으로 스며들듯 들어왔다.

우우를 받아들이자마자 등 뒤로 젖힌 두부는 제자리를 잡았다.

이 공간 안, 유저가 자리할 좌석을 차지하고 있는 물체가 있다.

사람크기만 한 하얀 번데기!

거미줄 같은 무수한 금속선이 번데기를 중심으로 사방으로 뻗어나 있다.

번데기는 인공지능의 고갱이, 바로 메이지 지오였다.

이 하얀 번데기의 두부에 내 얼굴이 있다.

그렇다!

금속 번데기가 오르골 골렘의 실체였다.

얼마나 들키기 싫은 부끄러운 모습인가.

진작에 이 천박한 모습을 우우에게 보여주었어야 했다. 나는 그러지 못했다.

우우에게 멋진 메이지 지오의 모습을 기억하게만 하고 싶은 욕심에 진실을 보여주지 않았다.

나는 금속 번데기로 변한 내 모습을 들킬 수 없었다.

그렇게 나를, 모두를, 전부를 속였다.

나는 거대한 오르골 골렘으로 변한 게 아니었다. 그저 번데기로 변한 내 모습을 들키기 싫은 겁쟁이가… 나의 실체였다.

번데기의 머리 부위엔 눈을 감은 내 얼굴이 백색 가면처럼 붙어 있다. 모두 보였다.

우우의 라벤다 색 눈가에 맺힌 눈물이 빛났다.

"…찾았다."

더 이상 말을 시작하면서 '우우' 를 붙이지 않았다.

그녀가 스스로의 속박을 깬 것이리라.

말! 그리고 가방!

우우의 나를 향한 눈빛은 번데기 상태인데도 변함이 없었다.

존경, 의지함, 좋아함…….

우우의 빛의 날개가 번데기를, 아니, 나를 품듯이 덮어왔다.

그녀 특유의 라벤다 향이 기분 좋게 스며들었다.

부드럽고 따듯한 느낌이 전신에 파고들었다.

다시는 헤어지지 않겠다는 생각인지 우우는 두 팔을 벌려 머리를 끌어안았다.

"내 꺼야."

…이 모양, 요 꼴이래도 너만 좋다면…….

그리고 조용히 감은 얼굴이 덮쳐왔다.

차가운 입술에 뜨거운 숨결이 연결되었다.

…몸이 녹아 내렸다.

＊　　　＊　　　＊

> …128%, …136%, 상승 중입니다.

> 언약의 사슬에서 완벽하게 극복했습니다. …변태(變態)에 듭니다.

> 동화율이 200%입니다. …측정 허용 한도를 넘었습니다.

> 신체가 급속으로 재구성되었습니다. 스스로의 의지로 탈피(脫皮)에 듭니다.

쩌저적— 번데기를 이루던 백색 금속 껍질이 갈라졌다.

제일 먼저 손의 감각이 돌아왔다.

갈라진 틈으로 손을 뻗어 우우를 끌어안았다.

"아……."

사랑스러운 작은 체구가 고스란히 담겨왔다.

우우의 감은 눈에서 눈물이 뚝뚝 떨어졌다.

그렇게 손을 시작으로 다리와 몸체가 껍질을 찢고 실체를 드러냈다.

잊혔던 감각이 차례차례 돌아왔다.

…사라졌다고 생각했던 내 몸을 고스란히 다시 찾은 것이다.

인공지능의 한구석에서 완벽하게 벗어났다. 그리고 잃어

버렸던 신체를 다시 찾았다.

우우가 없었으면 메이지 지오 캐릭은 소멸했으리라.

그렇다.

이것은 기적!

이어 오색 빛기둥이 떨어졌다.

…당연히.

아크 메이지에 도달하려는 단서가 기계사로서 시작되려
함이다.

*　　　*　　　*

사사사사사사사사사—

전직 과정이 끝나자, 오색의 빛기둥은 사라졌다.

…….

이 엄청난 마력! 그리고 구장군으로서 유저들을 데드시킨 후 획득한 무궁한 포인트가 그대로 있다.

하하하핫, 아크 메이지 일단 영감! 나 메이지 지오가 당신의 턱밑에 추격했소이다.

한데 감격도 잠시…….

이, 이 일을 어쩐다?

번데기를 찢고 나와 보니… 부드럽고 여린 알몸이라능.

꿈틀꿈틀, 버둥버둥.

우우는 그제야 벌거숭이 남자의 품에 안겨 있음을 깨달았는가?

“……? 캬악―!!! 변태얌―!”

우우의 비명이 뾰족하게 울렸다.

그러나 밀어내지 않고 가슴에 얼굴을 묻어왔다.

얼굴이 벌게져 눈을 꼬옥 감고 있다. 한데 살짝 한쪽 눈을 뜨며 이 몸의 늠름한 자태를 살피려 드는 게 아닌가.

아니 이것이, 이다지도 대담한!

…엉큼한 고양이 같으니.

왠지 놀리고 싶은 마음에… 오래된 악마의 대사가 떠올랐다. 나름 달콤하게,

“저를 가지세요―”

니 꺼라며?

꺄아아아아아아— 악—!!!
변태—! 죽어—! 죽어!! 죽어!!!
비명에 이어 폭포수 같은 저주의 외침이 우우의 입에서 터
져 나왔다.
가슴을 할퀴고 들었다. 붉은 오선지가 가슴팍에 종횡으로
새겨졌다.
아뜨뜨뜨— 쓰라린 아픔이 몸을 찾은 첫 감각이라니.

…심했나?
이어 들리는 뒤늦은 메시지.

메이지 지오가 완전변태에 성공했습니다.

헉!!! 인공지능 너마저 나를 변태 취급하는 거냐…….

*　　　*　　　*

우르르르룽—!!!
땅과 하늘이 흔들렸다.
백색 기둥이 세월이 지난 비석처럼 특유의 생기가 사라져

꿀렁거렸다.

영혼의 검이 지나간 자리에서 유백색의 금속수가 꾸역꾸역 흘러내렸다.

그리고 그 상처에서 무언가 거대한 물체가 툭 하고 지면에 떨어졌다.

선명한 유백색의 타원형 구체… 알처럼 보였다.

알?!

한데 이 알의 크기가 장난이 아니다.

그리고 이 알을 중심으로 유백색 아우라가 뻗어나오기 시작했다.

왠지 불길한 느낌을 지울 수 없다.

…우려는 현실로, 지면을 가득 메운 기어와 기어 골렘의 파편들이 알을 향해 모여들기 시작했다.

지면을 긁으며 금속 파편이 꾸역꾸역 알에 달라붙었다.

누구도 말릴 수 없다.

그리고 목적을 가지고 어떠한 형태를 갖추어 나갔다.

기어는 비늘로, 기어 뿌리는 신경과 뼈대로, 적층 장갑은 살과 근육으로… 그렇게 알은 기이한 형태로 발전에 발전을 거듭해 나갔다.

잔해의 조합과 결합이기에 내부가 속속들이 다 비쳐 보였다.

그리고 드러난 외관은…….

유백색의 용이었다.

거대한 체적이 오르골에 육박한다.

두 눈엔 오렌지색 플라즈마가 담겨 있다.

목과 가슴이 붙은 부위엔 샛노란 마그마 주머니가 보였다.

그리고 천장을 향해 고개를 들어 생물임을 증거하는 일성을 토했다.

뀌워워워워워워워워워워워워어어어어어어어어어어어—

…말도 안 돼!

도시 인공지능과 마찬가지로 던전을 관장하는 인공지능이 있다. 그 인공지능이 지금 형체를 갖추어 눈앞에 현신한 것이다.

던전을 망친 유저들을 말살하기 위해.

단지 유저의 의식이 구장군의 의식을 침입했다는 이유로 오염되었다며 억지를 부리다니.

그렇다. 채광장을 가득 메웠던 기어 골렘 중 남아 있는 기어 골렘은 전무하다.

인공지능이 자신의 존재를 지키기 위한 자기 보호 본능의 발현일지도.

기계용의 눈이 플라즈마로 번뜩이며 거대한 아가리를 벌렸다.

투학— 투학— 투학—!

거대한 플라즈마 탄이 입에서 토해져 관전하는 유저들 머리 위로 떨어졌다.

그곳은 유저들의 안전지대!

쫘광—!!!

으악! 크악!

거대한 열기의 폭발적 팽창과 함께 유저들을 집어삼켰다.

…안전지대가 사라졌다.

순식간에 수백 명의 갤러리가 한 줌 재로 화했다.

이어 기계용의 목과 가슴 부위에 마그마 주머니가 팽창하더니 급속도로 줄어들었다.

동시에 용의 아가리가 발밑을 향해 좌에서 우로, 우에서 좌로 흔들렸다.

발아래에서 살아남은 공대원들의 머리위로 샛노란 진액이 떨어져 내렸다.

그것은 마그마 덩어리—!

유저들 입에서 터져 나오는 비명과 처절한 절규, 그리고 침묵.

기계용은 인공지능으로 자신이 받은 공격을 유저들에게 그대로 돌려주려 함이라.

구경꾼도, 공대원도 완벽한 전멸에 들어갔다.

드문드문 생존자가 보였지만 혼백이 나간 얼굴들이다.

이어 기계용은 오르골과 팬텀을 노려보았다. 특히 오르골을.

저것은 선명한 적의!

끼어어어어어어어어어어—!!!

괴성이 울렸다.

아가리가 열리며 샛노란 에너지체가 오르골을 향해 토해졌다.

투학투학—! 투학투학—!!

눈앞이 열기로 가득 찼다.

아, 젠장.

몸을 찾자마자 용암탕이라니?!

우우가 다급함없는 어투로 말했다,

"우리 같이 죽는 거임? 나는 좋다능."

…그런 일 없거든?!

유백색 쌍절검을 교차해 플라즈마 탄을 가르며 나갔다.

그런 오르골의 등을 딛고 팬텀의 강철거인이 몸을 날렸다.

나도 용 한번 잡아보자—!

『기갑전기 매서커』 13권에 계속…

PART II ORC
캐릭 컨셉화
[오크]
내가 등장하지 않으면 판타지가 아니지!"
Rough
Sketch - Yu Ra Kim

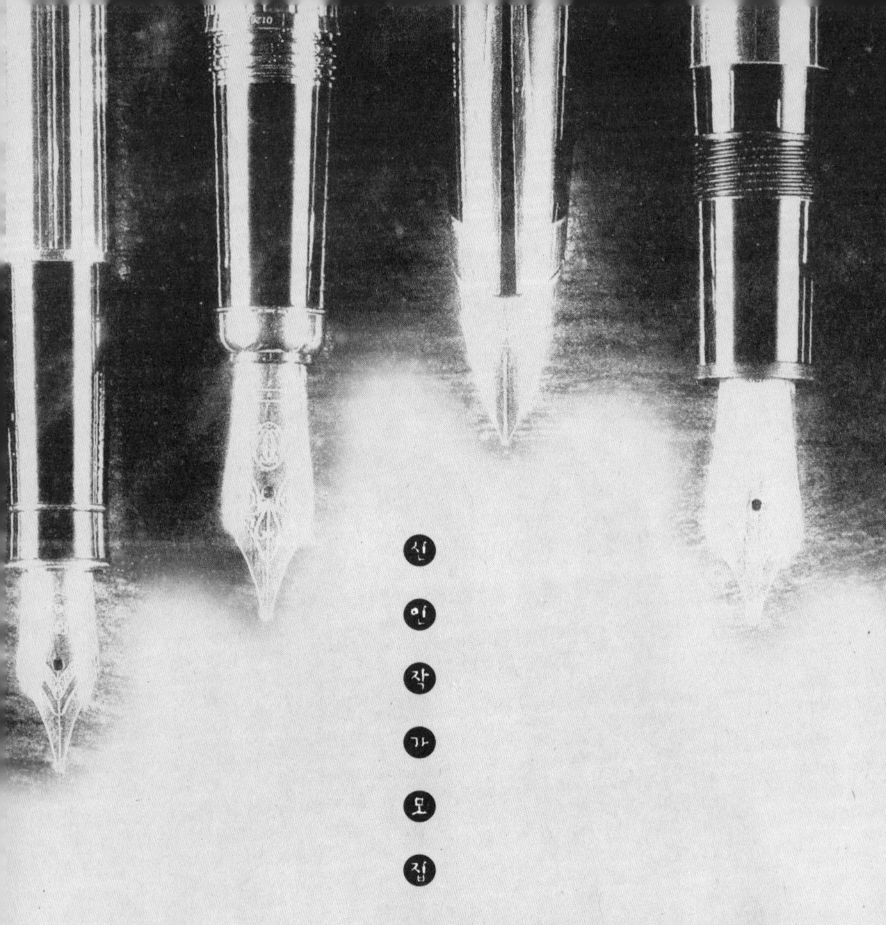

鐵山大公
철산대공
1
2
임준후 新무협 판타지 소설
鐵山大公
철산대공

용호객잔

龍虎客棧

설경구 新무협 판타지 소설

낙양 변두리에 위치한 허름한 용호객잔.
폐업 직전까지 몰렸던 용호객잔에 복덩이,
천유강이 저절로 굴러 들어왔다.
그런데… 이 객잔 좀 수상하다?

독문병기는 낡은 주판, 중원상왕을 꿈꾸는 객잔주인, 용사등.
독문병기는 마른 걸레, 끔찍이 못생긴 점소이, 용팔.
독문병기는 식칼, 긴 독수공방 끝에 요리와 혼인한 숙수, 장유걸.
독문병기는 이 빠진 도끼, 사연 많은 남장여인, 문우령.
독문병기는 얼굴, 기억을 잃어버린 절세미남 신입 점소이, 천유강.

"중원의 상왕이 되리라!"

현실감각이리고는 찾아보기 힘든
용사등의 허황된 선언이 천하를 혼란에 빠뜨린다.
바람 잘 날 없는 용호객잔의 평범한(?) 일상에
중원의 이목이 집중된다.

GOD BREAKER
Unterbaum
이상혁 판타지 장편 소설
운터바움
신들의 파괴자